GW01043805

AUSTRAL JUVENIL

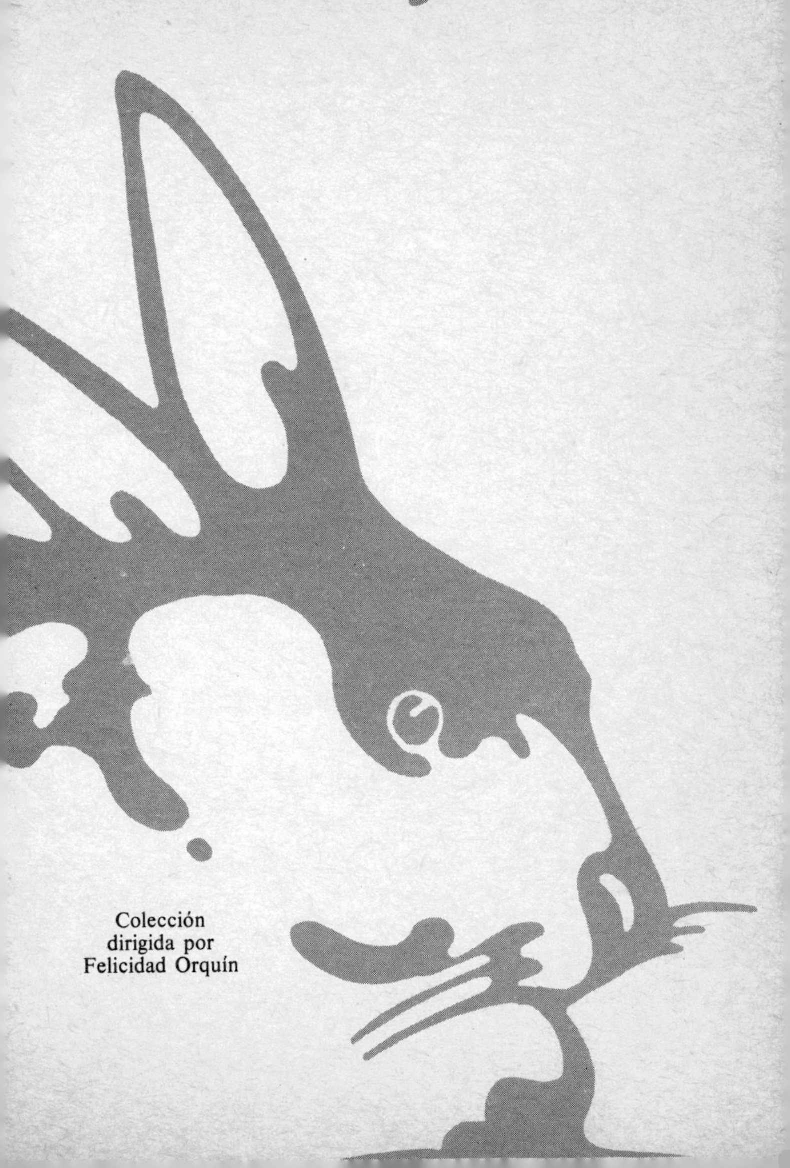

Colección
dirigida por
Felicidad Orquín

Título original:
A bolsa Amarela

Diseño colección:
Miguel Ángel Pacheco

LYGIA BOJUNGA NUNES

EL BOLSO AMARILLO

TRADUCCIÓN DE MIRIAN LOPES MOURA

ILUSTRACIONES DE ARACELI SANZ

ESPASA-CALPE, S.A. MADRID

Depósito legal: M. 41.032–1981
ISBN 84–239–2713–X

Impreso en España
Printed in Spain

Se acabó de imprimir el día 2 de diciembre de 1981

Talleres gráficos de la Editorial Espasa-Calpe, S. A.
Carretera de Irún, km. 12,200. Madrid-34

Lygia Bojunga Nunes nació en Brasil y es una de sus más importantes escritoras para niños. Desde 1971, en que aparece su primer libro *Os colegas,* ha publicado seis obras que han sido galardonadas con los más prestigiosos premios de su país. En 1976 publicó *El bolso amarillo,* premiado por la Fundación Nacional del Libro Infantil y Juvenil como «El mejor libro para niños» de ese año. Tres años después, esta misma obra sería elegida para la Lista de Honor del Premio Andersen. Comenzó a estudiar medicina pero muy pronto abandonó esta carrera para dedicarse al teatro. Finalmente, se orientaría hacia la escritura porque se siente feliz ante su mesa de escribir, rodeada de libros, dialogando con sus personajes. Con un estilo inconfundible, imaginación y humor, cuenta siempre historias del mundo real en las que los pequeños personajes tienen sus propias ideas acerca de muchas cosas y tratan de conseguir su afirmación como personas.

Araceli Sanz, la ilustradora, nació en Valladolid en 1948. Estudió pintura en la Escuela de Bellas Artes de Madrid, ciudad en la que vive dedicada a la enseñanza de artes plásticas. Le gustan las marionetas y le divierte mucho su manipulación, por ello forma parte del teatro de marionetas «La A».

Mis deseos

Tengo que encontrar un sitio para esconder mis deseos. No hablo de deseos pequeños, chiquititos, como tomar helados a cada momento, escaparme de la clase de matemáticas, o comprarme unos zapatos nuevos porque ya no soporto más los que llevo. Deseos así los puede ver todo el mundo, me importan un bledo. Me refiero a otros –los tres que de repente se inflan y crecen muchísimo–; ¡ah!, esos, no los quiero enseñar a nadie. De ninguna manera.

No sé cuál de los tres me inquieta más. A veces pienso que es el deseo de crecer de una vez y dejar de ser niña. En otro momento creo que es el anhelo de ser chico en vez de haber nacido chica. Pero hoy me doy cuenta de que es el deseo de escribir.

Ya hice de todo para librarme de ellos. ¿Sirvió para algo? ¡Qué va! Me distraigo un poco y enseguida surge uno. Ayer mismo estaba cenando y de repente pensé: «¡Caramba, falta tanto para que yo sea mayor!» Ya está: el deseo de hacerme mayor comenzó a crecer, y tuve que salir corriendo para que nadie lo viera.

Hace tiempo que tengo ganas de ser mayor y ser chico. Pero, justo desde el mes pasado, las ganas de escribir también comenzaron a crecer. Todo empezó así.

Un día me puse a pensar qué iba a ser de mayor. Decidí que sería escritora. Entonces comencé a fingir que ya lo era. Sólo para entrenarme, empecé a escribir algunas cartas:

> Estimado Andrés:
>
> Tengo ganas de charlar, pero nadie me hace caso.
>
> Dicen que no tienen tiempo, pero se ponen a ver la televisión. Me gustaría contarte mi vida. ¿Puedo?
>
> Un abrazo de Raquel.

Otro día, cuando iba a ponerme los zapatos, encontré allí dentro la respuesta:

Sí.

Andrés.

Igualito a un telegrama, que uno escribe cortito para que no le cueste muy caro. Pero no me importó. Le escribí de nuevo:

Querido Andrés:

Cuando nací, mis dos hermanas y mi hermano ya tenían más de diez años. Creo que por eso nadie en casa tiene paciencia conmigo: todos son ya mayores hace mucho tiempo, menos yo. No sé cuántas veces oí a mis hermanas decir: «Raquel nació por casualidad.» «Raquel nació fuera de tiempo.» «Raquel nació cuando mamá no debía tener hijos.»

No cuento para nada, Andrés. Ya nací sin hacer falta. ¿Sí o no? Un día les pregunté: «¿Por qué mamá no debía tener más hijos?» Me dijeron que mi madre trabajaba demasiado, estaba cansada, y que además de eso, no teníamos suficiente dinero para educar a tres hijos, cuanto más a cuatro.

Me puse a pensar: «Pero si no querían más hijos, ¿por qué nací yo?» Pensé mucho en eso, ¿sabes? Por fin me di cuenta que uno debe nacer sólo cuando su madre lo desee. ¿No te parece, eh?

Raquel.

Dos días después llegó la respuesta. Estaba escrita en una esquina del papel que envolvía el pan:

Sí.

Andrés.

No me gustó recibir de nuevo un telegrama, en vez de una carta. Pero aun así seguí contándole mi vida:

¡Hola, Andrés!

En mi casa la gente es incansable: mi padre y mi madre trabajan, mi hermano está en la facultad, mi hermana mayor también trabaja, solamente les veo de noche. Pero mi hermana más joven ni trabaja ni estudia, por eso chocamos a cada momento. ¿Sabes lo que dice ella? Que le toca mandar en mí, fíjate. No puedo traer a ninguna amiga a casa: dice que los niños desordenan todo. Tampoco puedo ir a casa de nadie: ella sale, cierra la puerta con llave, dice que se va de compras (seguro que va a ver al novio) y, para coger el teléfono y decir que no tardará, me quedo encerrada aquí. Me gustaría saltar por la ventana, pero ni eso puedo: vivimos en un sexto piso.

Esa hermana de la cual te hablo es guapísima, tienes que verla. No sé que es más: guapa o presumida. Imagínate que el otro día me dijo: «Soy tan guapa que no necesito trabajar ni estudiar: hay cantidad de hombres que querrán mantenerme; podré elegir como me dé la gana.»

Entonces inventé que Roberto (un tipo rico del que ella anda detrás) había hablado mal de ella. «¿Sabes lo que va diciendo por ahí? –le dije–, que eres tan burra que metes miedo.» Me dio unos capones, que para qué te voy a contar. Y por la noche, cuando llegaron todos (me acosté temprano porque me figuré que tendría problemas), mi hermana les contó que yo continuaba siendo la fantasiosa más grande del mundo. La que se armó: se pusieron contra mí. Me sentí muy triste por ser todavía una niña cuando me hubiera gustado ser mayor. No debía haber inventado nada; me salió sin querer. Siempre me sale sin querer. ¿Qué puedo hacer? Y siempre se arma un follón. ¡Qué desagradable es! Oye, Andrés, ¿me haces un favor? Deja esa manía de telegrama y dime lo que debo hacer para no organizar más follones. POR FAVOR. ¿De acuerdo?

Raquel.

Aguardé la respuesta un montón de días. Hasta que una tarde sopló un tremendo viento. La ventana del cuarto estaba abierta, y entraron hojas de los árboles, polvo, y un papel completamente escrito con la letra de Andrés. Me encantó: era una carta de verdad, más larga que las mías:

Querida Raquel:

A decir verdad, preferiría no meterme en esa historia: una vez traté de desenredar el problema de una amiga y ter-

miné por enredarme también en él. Pero me has pedido POR FAVOR, y sería muy desagradable no atender a un favor pedido en letras grandes. Entonces he pensado mucho, y creo que para no haber más confusión tienes que hacer lo siguiente: de aquí en adelante solamente inventarás lo que no existe. ¿Comprendes? Si inventas un cuento con gente que no existe, seguro que no le importará a nadie. Tu familia se enfada porque en medio de la invención metes al novio de tu hermana, al gato de la vecina, o a tía

Brunilda, y no sé qué más. Pero si inventaras algo con personas imaginadas, casas imaginadas, animales imaginados, todo imaginado, seguro que no te darían ningún capón ni...

Estaba tan entretenida leyendo la carta de Andrés que no me di cuenta de que mi hermano estaba detrás de mí leyéndola también. Me arrancó la carta:

–¿Quién es Andrés?

–No es nadie. Es invención mía.

Me miró con aquella cara desconfiada que tan bien conozco.

–¿Ya empiezas, eh?

–Palabra de honor. Tengo manía de coleccionar nombres que me gustan, ¿sabes? Y Andrés me gusta muchísimo. El otro día, no tenía a nadie con quien charlar y me inventé un chico para el nombre. Un chico muy majo: dos años mayor que yo, pelo y ojos negros, y que piensa como yo. Entonces comencé a escribirle.

–Óyeme bien: ¿imaginas que voy a creerme ese cuento?

–Pero es verdad, oye.

–¿Es tu novio? ¿Compañero de la escuela?

–¿Qué pasa? Te estoy diciendo que lo he inventado. Me invento dónde y qué escribirá, lo que va a decirme, lo invento todo.

Mi hermano puso cara de no creérselo del todo:

–¿Y por qué inventaste un amigo en vez de una amiga?

–Porque creo que es mejor ser hombre que mujer.

Me miró muy serio. De repente rió:

–¿De verdad?

–Sí, de verdad. Podéis hacer un montón de cosas que nosotras no podemos. En la escuela, cuando tenemos que elegir un jefe para los juegos, siempre sale un chico. Como el jefe de familia, que siempre es un hombre. Si me apetece jugar al fútbol, que es un juego que me gusta, todo el mundo se ríe de mí y me dice que eso es cosa de chicos; si quiero jugar a las cometas, lo mismo. Si una se despista, se queda tirada; todo el mundo habla mucho de que vosotros tenéis que estudiar, que seréis los jefes de familia, que tendréis responsabilidades, que... –¡caray!– vais a tenerlo todo. Hasta para el matrimonio ¿crees que no me doy cuenta? A nosotras nos toca esperar a que lo decidáis. Estamos siempre aguardando que lo decidáis todo por nosotras. ¿Quieres saber una cosa? Me parece espantoso haber nacido niña.

Mi hermano ni se molestó. ¿Por qué se había de molestar? Le estaba diciendo que ser hombre es lo mejor... Se me ocurrió que le podría gustar charlar conmigo, pero se volvió y dijo:

–Dime entonces: ¿quién es Andrés?

Casi me caigo hacia atrás.

–Pero ¡ya te lo he dicho!

–Explícamelo mejor. No creo que todo eso sea solamente para charlar.

–Bueno, solamente, solamente, no.

–¡Ah!...

–¿Qué pasa?

–Dímelo.

–Se trata de lo siguiente: he dicidido que seré escritora, ¿sabes? Y las escritoras tienen que vivir imaginando personas, direcciones, teléfonos, casas, calles, un mundo de cosas. Entonces he inventado a Andrés. Para entrenarme. Sólo eso.

Mi hermano frunció el ceño y dijo que de nada servía charlar conmigo porque nunca decía la verdad. Casi me muero:

–¡Caramba! ¿Cuándo vais a creerme, eh? Si

digo que quiero ser escritora es porque lo deseo de verdad.

–Deja esas ideas para más tarde, ¿sí? Y en vez de perder tiempo con tanta tontería, aprovecha para estudiar más. Y otra cosa: no me gustaría cogerte otra carta de Andrés, ¿te enteras?

De lo que me di cuenta es que no había más diálogo entre nosotros. No le respondí. Y cuando salió, escribí rápidamente una nota:

> No hay manera, Andrés: los mayores no nos entienden. Es mejor que no te escriba.

Y ya está: nunca más le escribí.

Pasé algún tiempo sin escribir más cartas. Pero un día no tenía nada que hacer y pensé: «¡Ah!, pero, bueno, ¿qué se han creído?» Fui a mi escondite de nombres, cogí uno que me encantaba, inventé una amiga para él, y comencé a escribirle una carta:

> Lorelai:
>
> Qué bien lo pasaba cuando vivíamos en el pueblo. Mi casa tenía un patio con millones de cosas, incluso un gallinero.

Charlaba con las gallinas, los perros, gatos, lagartijas, con tanta gente que ni te lo imaginas, Lorelai. Había un árbol para subir, al fondo discurría un río; había unos escondites tan buenos que uno podía ocultarse la vida entera sin que nadie le encontrara. Mi padre y mi madre reían a menudo, iban de la mano, era muy bonito. Ahora todo es diferente: están siempre enfadados, se pelean por nada, discuten por cualquier cosa. Y después, acaban enfadándose todos. El otro día pregunté: «¿Qué pasa aquí que siempre hay peleas?» ¿Sabes lo que me dijeron? Que eso no les importaba a los niños. Y lo peor es que esos enfados en casa me ponen muy nerviosa. Me gustaría encontrar un modo de no preocuparme con las discusiones y los enfados. ¿No podrías enseñarme una manera?

Un beso de Raquel.

Escribió la respuesta en la última hoja del cuaderno de Ciencias Sociales:

Querida amiga:

Creo que la única manera es volver al patio de tu casa. Allí la gente va cogida de la mano, no hay peleas, no hay caras de enfado, y encima tienes un gato, el río, las gallinas, seguro que habrá hasta conejos.

L.

Respondí inmediatamente diciendo que sí había conejos, pero que eso no arreglaba nada. ¿Cómo iba a volver al patio? ¿Sola? ¿Me lo iban a permitir? Al día siguiente, cuando entré en el ascensor, encontré un papel en el suelo. Era un recado de Lorelai:

Raquel:
Te escapas, se acabó.
Un beso de Lorelai.

La cosa empezó a complicarse. Le escribí diciendo que sí: me escaparía, pero a condición de que ella se viniese conmigo. Lo aceptó. Entonces me imaginé el viaje. Fue precisamente en esos días cuando mi hermana se empeñó en arreglar el armario, y encontró las cartas detrás del cajón. ¡Organizó un follón de aquí te espero! «¿Quién es esa Lorelai que quiere ayudarte a huir de casa?» Comencé a explicar que la había inventado yo, que el viaje era inventado, que..., pero no me dejó terminar de hablar. Dijo que yo no tenía arreglo, me dio un tirón de oreja, se quejó a mi padre, todo el mundo se puso de nuevo contra mí, y entonces comencé a dudar de que se pueda ser escritora de niña. Desistí de escribir cartas.

Me quedé un montón de días pensando en mi familia, a ver si entendía por qué se enfadaban tanto conmigo. Acabé por desistir: los mayores son muy difíciles de entender. Pero, en compensación, tuve una idea: «¿Y si escribiera una novela? Entonces nadie podría oponerse, porque todo el mundo sabe que las novelas son pura imaginación.»

Me gustó la idea y escribí una novela. Corta. Me pareció que para empezar era mejor hacer una muy corta. Era la historia de un gallo llamado Rey –precioso–, que un día siente unas ganas locas por dejar su vida de gallo. Vivía en un gallinero con quince gallinas, pero era un tipo muy dado a la igualdad y le parecía que eran demasiadas gallinas para un solo gallo. A decir verdad, se sentía un poco incómodo de ser jefe de una familia tan rara. Entonces decide escaparse del gallinero. Pero tiene miedo de que todos se pongan en contra suya. Y durante toda la novela está preocupado por huir o no huir. Al final de la historia, decide lo siguiente: si su vida es un desastre, debe huir de verdad y enseguida. Y huye.

Fue un domingo cuando acabé la historia. Me invitaron a ir al cine. Salí corriendo, dejando la novela en el cuarto. Mi hermana la cogió y la leyó. Cuando llegué a casa me preguntó: «¿Cómo es posible pensar tanta tontería, eh, Raquel?» Le hizo gracia y se la dio a mi madre para que la leyera.

Y mi madre se la dio a mi padre.

Y mi padre se la dio a mi hermano.

Y mi hermano se la dio a mi otra hermana.

Y ésta se la dio a la vecina.

Y la vecina se la dio al marido, que encima es el presidente de la comunidad.

Cuando volví del cine encontré a todo el mundo riéndose de mi novela. Era un sinfín de chistes de gallo, gallina, gallinero. Y lo peor es que no se reían solamente del cuento, sino también de mí, y de las ideas que yo tenía.

Me empezó a entrar rabia por haber olvidado la novela en el cuarto y, de repente, sin pensar en lo que estaba haciendo, la cogí y la rompí enterita. Rompí el gallo llamado Rey y a su rara familia, rompí el gallinero, y todo lo demás. Decidí que hasta que no fuera mayor no escribiría nada. Solamente los deberes de la escuela, y ya es bastante.

Desde entonces las ganas de ser escritora comenzaron a crecer como las otras dos.

Si mi familia viera mis tres deseos creciendo

de tal manera, inflándose como globos, seguro que se iban a reír. No comprenden esas cosas, dicen que son infantilismos, no las toman en serio. Tengo que conseguir deprisa un sitio para esconderlos: si hay algo que no soportaré más, es ver a los mayores riéndose de mí.

El bolso amarillo

Mi hermano llegó a casa con un paquete enorme. Gritó desde la puerta:

–¡Un paquete de tía Brunilda!

Todo el mundo corrió, y mi hermana dijo:

–Qué cantidad de cosas.

Cortaron la cuerda, rompieron el papel, todo se esparció sobre la mesa. Se organizó una tremenda confusión:

–El vestido rojo es mío.

–¡Ah, qué bonito collar! Pega con mi jersey.

–Mira si ha venido alguna camisa del tío Julio para mí.

–Qué zapatos tan elegantes, seguro que son de mi número.

Me quedo atontada de ver cómo tía Brunilda compra ropa. Compra y se harta. Se

harta de todo: vestidos, bolsos, zapatos, blusas. Los usa tres o cuatro veces y ya está cansada. Otro día pregunté:

–Si se harta de las cosas tan rápidamente, ¿por qué las compra? ¿Será para poder hartarse más?

Nadie me hizo caso. Me quedé pensando en tío Julio. Mi padre dice que él trabaja como un loco para conseguir dinero. Si yo fuera él, me disgustaría muchísimo ver a tía Brunilda gastar dinero en cosas que le cansan enseguida. Pero él no dice nada. ¡Me extraña tanto eso! Otra cosa bastante rara es que si la regaña, ella responde: «Voy a buscar trabajo.» Entonces él dice: «¡De ninguna manera!» Y le da más dinero. Para comprar más, y seguir hartándose. A ver si un día comprendo este modo de ser.

No acababan de salir cosas del paquete. Mi madre dijo:

–Qué buena mujer es Brunilda: sabe que vivimos con el dinero justo y cada vez nos manda más ropa.

Dejé los deberes y me puse a espiar. Vi surgir un bolso; todos lo cogieron, lo examinaron, lo encontraron feo y lo dejaron tirado. Antes, cuando llegaban los paquetes de tía Brunilda y no sobraba nada para mí, me enfadaba muchísimo. Y si pedía algo, decían enseguida:

–Mira, Raquel, tía Brunilda sólo manda ropas para los mayores, no sirven para ti.

–Basta con cortarlas, arreglarlas.

–No te van; incluso cortándolas siguen teniendo el aire de ropa para mayores.

–Las ropas no tienen aire.

–Sí que tienen.

Y nunca me quedé con nada. Rápidamente desaparecían con todo, y lo usaban, lo usaban, lo usaban hasta el final. Entonces, cuando la ropa estaba muy usada, la arreglábamos aquí y allí, y se quedaba para mí. Yo no decía nada. Hasta que una vez no me aguanté y pregunté:

–¿Así que cuando la ropa se gasta, pierde también ese aire de ropa para mayores?

Y me dijeron que sí, que así era. (Por eso tenía tantas ganas de crecer: los mayores siempre creen que los niños no cuentan para nada.)

Pero entonces ocurrió algo diferente: de repente había sobrado algo para mí.

–Toma Raquel, esto es para ti.

Era el bolso.

El bolso por fuera.

Era amarillo. Me encantó: para mí el amarillo es el color más bonito que hay. Pero no era todo el amarillo igual: por una parte resultaba más fuerte y por la otra más claro; no sé si debido a que se había desteñido un poco, o porque ya nació así, pensando que ser siempre igual es muy aburrido.

Era grande; tenía más tamaño de bolsa que de bolso. Pero a lo mejor era como yo: pensaba que no merece la pena ser pequeño.

El bolso no estaba solo: tenía también un asa. Me lo colgué del hombro y se arrastró por el suelo. Hice entonces un nudo justo en medio del asa. Quedó resuelto el problema. Y además con un cierto encanto.

No conozco el nombre de la tela del bolso amarillo. Lo que sé es que era gruesa y al pasar la mano arañaba un poco. La examiné muy de cerca y vi los hilos del tejido pasando uno por encima del otro, muy bien colocaditos, sin desorden ninguno. Me encantó. Pero lo que me gustó más aún fue que la tela se estiraba. Pensé: «Voy a poder guardar un montón de cosas aquí dentro.»

El bolso por dentro.

Lo abrí despacito. Tenía mucho miedo de que no hubiera nada. Miré bien. No me lo pude creer. Miré mejor.

–¡Qué bárbaro! –grité. Menos mal que sólo lo hice con el pensamiento: nadie me oyó ni miró.

¡El bolso tenía siete hijos! (Siempre pensé que los bolsillos interiores de un bolso son los hijos del bolso.) Y los siete vivían así:

Arriba, uno muy grande a cada lado, los dos con cremalleras: abrí y cerré, abrí y cerré, abrí y cerré, las dos funcionaban de maravilla. Luego, abajo, dos bolsillos más pequeños, que se cerraban con botón. En uno de los lados había otro tan estrecho y tan largo que me quedé pensando qué era lo que podía guardar allí dentro (¿un paraguas?, ¿un martillo?, ¿una percha?). En el otro lado había un bolsillo pequeño, con la tela fruncida, que se estiró aún más cuando metí la mano; metí las dos manos: se estiró más aún; era un bolsillo con complejo de acordeón. ¡Qué cantidad de cosas podía guardar en él! Y por último, uno muy pequeñito, que enseguida me pareció el bebé del bolso.

Comencé a pensar en todo lo que iba a esconder en el bolso amarillo. ¡Caramba!, era como si fuera el patio de mi casa, con tantos escondites, que se cierran, se estiran, se quedan pequeños, se hacen grandes. Y con una ventaja: lo podía llevar siempre al hombro, y el patio no.

El cierre.

El bolso amarillo no tenía cierre. ¡Fíjate! Decidí que aquel mismo día iba a conseguirle uno.

Cogí el dinero que había ahorrado y fui a una tienda donde arreglan y reforman bolsos. Expliqué que quería un cierre, y el dependiente me enseñó uno, diciendo que era el mejor que había. Costaba muy caro, mi dinero no alcanzaba.

–¿Y aquél? –señalé. Era un cierre algo pobre, pero que brillaba mucho.

El señor puso cara de poca importancia y dijo que no era bueno. Lo probé.

–Pero cierra y abre muy bien.

El hombre dijo que era muy barato: se estropearía. ¡Estupendo! Era justo lo que yo quería: un cierre con ganas de estropearse. Le dije que atendiera a otro cliente mientras pensaba un poco. Me dirigí al cierre y le hablé en plan amiguete:

–Mira cierre, quiero guardar cosas muy bien guardadas aquí dentro del bolso. Pero el problema es que a veces hay gente que abre el bolso de uno así, sin más; si eso ocurre tienes que estropearte, ¿eh? Te estropeas cuando yo piense «¡estropéate!», ¿vale?

El cierre se me quedó mirando. No me dijo ni que sí ni que no. Me di cuenta de que le gustaría algo a cambio.

–Mira, ya he observado que te gusta brillar. Si me prometes estropearte en el momento exacto, procuraré mantenerte siempre reluciente como un espejo. ¿Vale?

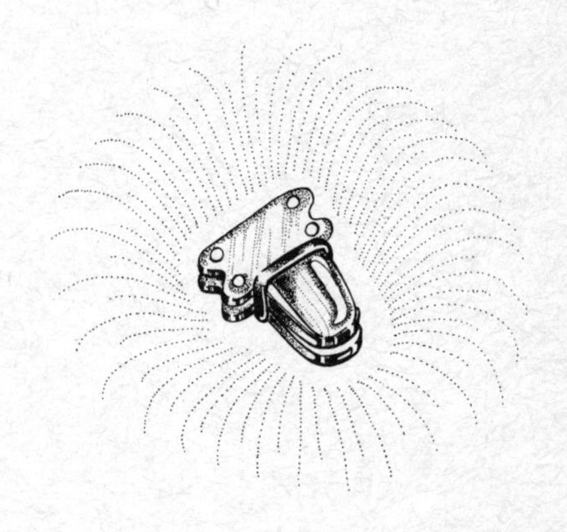

El cierre hizo un «clic» muy bajito como si dijera «vale». Llamé al dependiente y le pedí que me lo pusiera en el bolso.

Llegué a casa y coloqué en el bolso amarillo todo lo que quería. Cogí los nombres que venía juntando y los metí en el bolsillo acordeón. El bolsillo largo lo dejé vacío, esperando algo muy alargado para esconder en él. En el bolsillo bebé guardé un imperdible que había encontrado en la calle, y en el bolsillo de botón escondí unas fotos del patio de mi casa, unos dibujos míos y unas ideas que se me

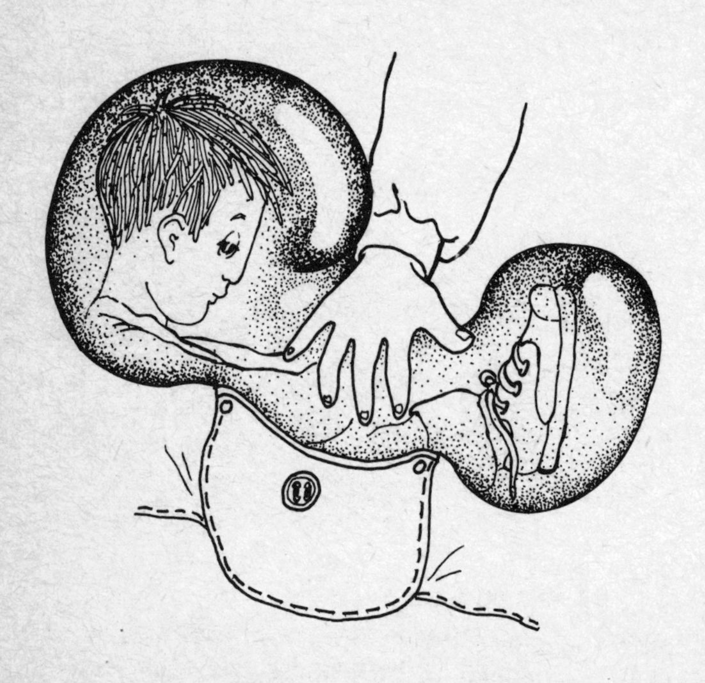

habían ocurrido. Abrí una cremallera; escondí en el fondo mis ganas de crecer; la cerré. Abrí la otra; escondí, más hondo todavía, mis ganas de escribir; la cerré. En el otro bolsillo de botón empujé las ganas de haber nacido chico (eran muy grandes, y fue difícil cerrar el botón).

¡Ya está! El arreglo había quedado perfecto. Mis deseos estaban encerrados en el bolso amarillo, nadie más los vería.

El gallo

De repente me despertó un ruido extraño. Miré hacia la ventana y vi que amanecía. Otra vez el ruido. Casi me muero del susto: era el canto de un gallo, y muy cerca de mí.

Miré a mis hermanas. Seguían durmiendo, no habían oído nada. Miré bajo la cama, detrás de la silla, dentro del armario, y nada. Fue entonces cuando el gallo cantó muy nervioso; como quien está encerrado y quiere salir. «¡Está dentro del bolso amarillo!» Abrí rápidamente el bolso. El gallo salió.

–Caramba, si no llegas a abrirlo me muero asfixiado. Le había pedido al cierre que se quedase entreabierto para que yo pudiese respirar, pero se quedó dormido y se cerró –el gallo voló hacia la ventana, se posó en el alféizar y respiró hondo.

Yo estaba con la boca abierta: nunca había visto un gallo con antifaz. Y éste lo llevaba. Era negro. Le tapaba toda la cara. Tenía solamente dos agujeros para los ojos. Caminó de un lado para otro del alféizar. Me quedé pensando que nunca había visto a nadie andar tan elegantemente. Abrió las alas y voló hacia el bolso. Me pareció mejor disimular, como si no lo hubiese visto: podría leer en mis ojos que su vuelo me había fascinado y hacerse el presumido. Las plumas de su cuerpo brillaban como el cierre; las personas usan anillo en el dedo, pero él lo llevaba en la pata y además eran dos: uno azul y otro rojo. De repente, al mirar sus anillos, me asusté: «¿Huy, cómo es posible?» Su cola era la cosa más bonita que yo había visto nunca, porque de pronto algo le pasó y las plumas, en vez de mantenerse unidas como las del resto del cuerpo, parecieron alborotarse, se erizaron y cambiaron de color (había plumas rojas, marrones, naranjas, doradas, e incluso una plumita blanca, no sé si por la edad o por coquetería), y a cada movimiento, agitándose todas, parecía que bailaban la samba, y cuando el gallo se detenía, seguían bailando igual. Cuando más miraba las plumas, más me asombraba: «¡Caramba!,

¿cómo puede ser?» Hasta que no pude más y le dije:

–¿Sabes? Eres muy parecido a un gallo que conozco, muy parecido, de verdad...

Se quitó el antifaz y me miró. ¡Qué va! Era él mismo. Rey, el gallo de la novela que yo había inventado.

*

–¿Qué haces aquí?

–¡Chisss! Habla bajo, me he escapado.

–Bueno, eso ya lo sé, yo te hice huir del gallinero.

–Pero el problema es que me han cogido.

–¡No bromees!

–Me atraparon y me llevaron otra vez para cuidar de las gallinas.

–¡Huy!

–¿No lo sabías?

–No. Mi novela acababa el día en que te escapabas. Hasta ahí te he inventado.

–Bueno. Pero entonces al quedar inventado tuve que decidir lo que iba a hacer con mi vida. Pensé muchísimo. Terminé decidiendo que iba a luchar por mis ideas.

¡Aquello me pareció fascinante! En la escuela, cuando estudiamos la vida de Tiradentes y de esos personajes importantes, siempre aparece escrito: «Hombres que lucharon por sus ideas.»

–Qué bonito, Rey. ¿Y luchaste?

–No. Nada más comenzar me llevaron de vuelta al gallinero. Entonces llamé a mis quince gallinas y les pedí por favor que me ayudasen. Les expliqué que estaba cansado de tener que ser un marimandón día y noche. Pero me dijeron: «Eres nuestro dueño. Eres quien decide todo lo nuestro.» Sabes, Raquel, no ponían un huevo, no escarbaban la tierra, no hacían nada sin preguntarme: «¿Puedo? ¿Me dejas?» Y si yo respondía: «Oye, mujer, el huevo es tuyo, la vida es tuya, hazlo como te parezca mejor», se echaban a llorar, no querían comer, adelgazaban, algunas hasta se morían. Les parecía mejor tener un dueño mandando el día entero –«¡haz esto!, ¡haz lo otro!, ¡pon un huevo!, ¡coge una lombriz!»– que tener que decidir. Decían que daba mucha pereza pensar.

–¡Vaya!

–Para que veas, fíjate.

–¿Quieres decir que no te ayudaron?

–¿Si me ayudaron? ¡Ja! Cuando les expliqué que desde pequeño soñaba con un gallinero majo, con todo el mundo opinando, decidiendo sus cosas, echando por tierra esa historia de que los gallos deben ser unos marimandones, ¿sabes lo que hicieron? Llamaron al dueño del gallinero y me denunciaron.

–¿Será posible?

–Me enfadé muchísimo. Me subí en el palo y grité: «¡No quiero mandar más! ¡Quiero vivir en un gallinero con otros gallos! ¡Quiero que las gallinas manden también con los gallos.»

–¡Fenomenal!

–Sí, verás lo fenomenal; me llevaron preso.

–Pero ¿por qué?

–Para que aprendiera a no ser un gallo diferente. Me pusieron en un cuarto oscuro. Era tan oscuro que al salir de allí lo veía todo negro. Sólo poco a poco los colores fueron volviendo. Me encerraron por mucho tiempo; sufrí mucho. Hasta que, un día, me soltaron. Y me dijeron: «De ahora en adelante vas a ser un cuidador de gallinas como fue tu padre, tu abuelo, tu bisabuelo, tu tatarabuelo; si no, volverás al cuarto oscuro.» Y las gallinas dijeron: «Déjenlo con nosotras: si no se porta bien, les avisamos.» Pero yo no era como mi abuelo, ni como mi bisabuelo, ni como mi tatarabuelo.

¿Qué podía hacer? Sería mucho más fácil seguir pensando igual que ellos. Pero no era así, ¿y qué? Un día metieron a otro gallo conmigo, para ponerme a prueba. Creían que iba a armar un follón y decir: «Solamente uno manda en el gallinero! ¡Peleemos para decidir cuál de los dos es el dueño de todas esas gallinas!» Pero en vez de eso le dije: «Oye, colega, ¿me ayudas a acabar con esa manía de que tenemos que mandar sobre ellas?» ¡Hay que ver! Todos salieron corriendo a denunciarme. –Dejó de hablar y se quedó mirando el bolso amarillo con la cresta fruncida.

–¿Entonces te encerraron otra vez?

–No tuvieron tiempo: me escapé.

–¿Viniste para acá enseguida?

–No.

–¿Qué hiciste?

–¿Eh? ¡Ah!, me..., me estuve escondiendo en un montón de sitios; pero..., ¿sabes?, ninguno tan bueno como el bolso amarillo.

–¿Por qué?

No dejaba de mirar el bolso.

–No llueve, no sopla viento, nadie se acuerda de buscarme ahí...

Me quedé sin saber qué decir. Estaba clarísimo que Rey quería una invitación para vivir en el bolso amarillo. Pero ¿cómo iba a ser? Llevaba el bolso a todas partes; cuando mis deseos se inflasen, pesaría muchísimo; con Rey allí dentro no lo iba a poder cargar. Decidí ser sincera:

–¿Sabes, Rey? Hay demasiadas cosas en el bolso amarillo: no queda sitio para ti.

–¿Ni por una temporadita?

–Creo que no.

–¡Ah!, Raquel, pero si me cogen de nuevo estoy listo.

–Ya conseguirás otro escondite.

–Será difícil: cada vez hay menos sitio para esconderse.

–Es que, ¿sabes?, guardo muchas cosas ahí dentro.

–Ya lo sé, lo he mirado todo; pero creo que todavía queda un rinconcito.

Fingí que no había oído. Suspiró:

–Ahí dentro se está tranquilo. Necesitaba un sitio así para poder pensar con calma en mis ideas.

A lo mejor si comenzaba a hablar de sus ideas terminaría por olvidarse de vivir en el bolso amarillo.

–Dime una cosa: ¿cuáles son tus ideas, eh?

–Pues ése es el problema: todavía no he podido tener ninguna.

–¡Vaya! Si no tienes ninguna idea, ¿cómo dices que vas a luchar por tus ideas?

–Bueno, primero necesito tenerlas, después salgo a luchar.

–¡Caramba! ¿Nunca se te ocurrió nada en el gallinero?

–No había manera. Cada vez que comenzaba a pensar en algo, se me acercaba una gallina para preguntarme qué iba a hacer.

–¿Y después que te escapaste?

–También era imposible: vivía asustado, creyendo que me iban a coger.

Empecé a sentirme desconcertada por no permitirle que viviera en el bolso amarillo. Pero, de repente, se me ocurrió otra cosa:

–Si descubren que te escondo, me veré en una situación bastante difícil.

–Bueno, eso es verdad... –y se quedó pensando. Después se puso el antifaz y dijo–: Entonces, hasta cualquier día –y se marchó.

Me quedé muy preocupada. ¿Y si lo cogían? ¿Y si no encontraba otro buen escondite? Así no podría nunca encontrar ideas por las que luchar.

–¡Eh, Rey! –se detuvo y me miró. Abrí el bolso–: Puedes entrar.

No esperó otra invitación: dio un vuelo espectacular, pasó cerquita de las narices de mis hermanas y aterrizó dentro del bolso. Pero dejó una pata en el aire, como quien duda si entra o no.

–Sin cumplidos, entra de una vez.

–Es que..., ¿sabes? Hay una cosa que desde el principio te quería decir, y aún no te lo he dicho –y se me quedó mirando.

–¿Qué pasa, Rey?

–Es eso mismo: Rey. Perdóname, fuiste tú quien eligió mi nombre, pero a mí no me gusta.

–¿Ah, no?

–No. Soy partidario de la igualdad, me gusta la tranquilidad, soy un tipo muy sencillo: ese nombre no va conmigo. Y además hay otra cosa y suena muy raro cuando dices: «¡Eh, Rey!» Me parece oír «¡erré!» y creo que me dices, «me equivoqué». ¿Te importa si elijo otro nombre en el bolsillo-acordeón?

Siempre me molesta cuando ofrezco algo a alguien y no le gusta. Pero hice como si no me importase.

–Claro, puedes elegir otro.

Rápidamente desapareció dentro del bolso. Se quedó allí mucho tiempo. Después volvió muy contento:

–Escogí el de Alfonso.

–¿Alfonso?

–Sí.

A mí me pareció que el nombre de Alfonso no le iba bien.

–Pero no tienes cara de Alfonso.

–Puedo no tener cara de Alfonso, pero seguro que mi corazón es el corazón de un Alfonso –bostezó, dijo que estaba muerto de sueño.

Entonces cerré el bolso para que se durmiera. Me quedé pensando en una pregunta que no quería salir de mi cabeza. Pasado un rato, no resistí más y abrí el bolso:

–¡Eh, Alfonso! –me miró semidormido–. ¿Cómo fuiste a parar dentro del bolso amarillo, eh?

–Entré en tu casa, comencé a buscar un buen sitio para esconderme, vi el bolso bajo la cama y ya está.

–Pero ¿cómo entraste aquí? ¿Has venido volando?

–He venido en el ascensor.

–¿Solito?

–No, había más gente.

–¿Y nadie se dio cuenta de que eres un gallo fugitivo?

–Llevaba el antifaz.

–¡Es verdad! Entonces, buenas noches.

–Que duermas bien.

Historia de Imperdible

(Que vive en el bolsillo bebé del bolso amarillo)

Como nadie conoce a Imperdible, creo que es mejor contar su historia antes de seguir contando la mía.

Un día iba por la calle y vi un imperdible tirado en el suelo. Lo cogí, lo limpié, le quité el óxido y probé su puntita en mi dedo; vi que estaba muy afilada.

–¡Caramba!

Y el imperdible empezó a trazar en mi mano todo lo que quería decirme:

–¿Me guardas? No soporto más vivir aquí tirado: la gente pasa encima de mí. Cuando llueve me mojo, cojo unas oxidaciones tremendas y cada vez que barren la calle me quedo helado: «¡Vaya!, van a creerse que no sirvo para nada, y me llevarán en el camión de la basura». Me encojo para que la escoba no me vea, y después que pasa, y que se me quita el susto, rayo en la acera una nota diciendo que sí sirvo para algo; pero todo sigue igual. ¿Me guardas?

–Sí.

–Guárdame, anda.

Lo guardé en el bolsillo del uniforme de la escuela (aún no llevaba el bolso amarillo). Y pregunté:

–¿A qué te dedicabas antes?

La puntita iba rayando en la tela de mi blusa:

–No llegué a hacer nada.

–¿Y eso?

–Me sacaron de la fábrica muy mal empaquetado, me venía cayendo por el camino, agarrándome a los otros para ver si me sujetaba; terminé por no resistir: me caí aquí.

–¿Y no te levantaste más?

–Cada vez que lo intentaba, me pisaban.

–Pero ¿no te veía nadie?

–Cuando me vieron ya estaba muy oxidado y nadie me quiso.

–¿Y después?

–Después, nada.

–¿No ocurrió nada más en tu vida?

–No.

–¡Qué historia más corta tienes!

–Para que veas.

–¿No te gustaría tener una historia más larga?

–¡No! Ese poquito ya me ha dado mucho trabajo.

–¿Te parece que eso basta, eh?

–Creo que sí.

Y eso fue todo.

La salida de la escuela

Salí de la escuela horrorizada por el peso del bolso amarillo. Estaban en él, Alfonso, mis deseos, los nombres, mis libros, mis cuadernos; había de todo allí dentro. Y también lo siguiente.

La profesora mandó que hiciéramos una redacción. El tema era «El regalo que me gustaría». Escribí que me agradaría recibir un paraguas (estoy cansada de pedirlo en casa). Comencé a imaginar cómo sería el paraguas y las cosas que le pasarían. Cuando estaba en lo mejor de la historia, sonó el timbre, era el final de la clase y mi redacción no estaba terminada; quería escribir el resto pero la profesora no me dejó y recogió el cuaderno. Los niños fueron saliendo, mi historia se quedó sin final, y las ganas de escribir aumentaron, comen-

zaron a hincharse, tanto, tanto, que mal podía aguantar el bolso amarillo.

Caminé una manzana entera. Alfonso, asomado a la ventanilla, iba mirando la vida [1].

–¡Caramba, que peso! –y tuve que parar para descansar.

[1] Pensé que sería muy desagradable que alguien viviera sin poder mirar hacia fuera. Por eso había hecho una ventanilla en la tela del bolso, muy cerquita del cierre, para que la cara de Alfonso pareciera un adorno del cierre, en vez de la cara de un gallo fugitivo.

Alfonso se puso el antifaz y salió del bolso:
–Mientras descansas voy a dar una vuelta por ahí. Puede que encuentre una idea –seguía loco por luchar por la idea que aún no había encontrado. Volvió diez minutos después.
–¿La encontraste?
–No. Pero encontré un paraguas. Estaba tirado. Me puse muy contento porque me apetecía mucho regalarte algo. Toma.

Alfonso tenía una manía: cuando no había nadie mirando, se asomaba a la ventanilla y charlaba conmigo. Nada más darme el paraguas, saltó dentro del bolso, sacó la cabeza y empezó a contarme todo lo que el paraguas le había dicho.
Cuando nació el paraguas, es decir, cuando lo fabricaron, el hombre de la fábrica –que era muy buena persona y le gustaba ver las cosas satisfechas con la forma en que habían nacido– preguntó:
–¿Quieres ser paraguas hombre o mujer?
Y él respondió:
–Mujer.
El hombre hizo entonces un paraguas más pequeño que el paraguas hombre. Y lo fabricó

en seda rosa llena de flores. El mango no lo puso recto porque dijo que un paraguas mujer tenía que tener algo de curva. Y colgó del mango una cadenita, que a veces al paraguas hombre no le gustaba mucho.

Iba caminando y pensando que a mí tambien me hubiera gustado poder elegir nacer mujer: las ganas de ser chico desaparecerían y el bolso amarillo sería mucho más liviano

Cuando la Paraguas se dio cuenta de que el hombre estaba haciéndole el mango largo, le pidió:

–¡Oye, déjame pequeña! Quiero ser pequeña toda la vida.

El hombre se asombró:

–¿Y si más tarde te apetece crecer?

–¿Para qué? Me gusta ser pequeña.

Pero él no se quedó conforme:

–A veces uno quiere mucho una cosa y cree que la querrá toda la vida. Pero el tiempo pasa, y al tiempo le encanta muchísimo cambiar todo. Un día cambiarás de opinión, te aburrirás de ser pequeña y querrás crecer.

–¿De veras?

–Es casi seguro.

La Paraguas se quedó pensando. Pensó mucho y después decidió:

–Vale, hazme pequeña, entonces. Pero de manera que pueda ser grande.

Entonces el hombre hizo a la Paraguas del tipo que estira y se agranda al tirar del mango con fuerza.

Me detuve y miré a la Paraguas. Era una preciosidad, y de buena calidad, bien hecha; parecía que había sido paraguas de tía Brunilda.

–Muchas gracias, Alfonso. Pensé que solamente iba a tener un paraguas así cuando fuera mayor.

–¿Estás contenta, Raquel?

–Contentísima –me volví a la Paraguas y pregunté–: ¿Por qué no querías ser mayor, eh?

Alfonso respondió enseguida:

–Porque le gustaba muchísimo jugar, y los mayores se empeñan en que por ser mayores no pueden jugar. A veces le entraban ganas de probar a crecer, para ver si era cierto que cuando uno se hace mayor desaparecen las ganas de jugar. Pero tenía miedo a arriesgarse. Hasta que un día echó valor y probó. ¿Y sabes que le gustó muchísimo?

–¡Claro que le había de gustar! Cuando uno es grande puede todo, decide todo.

–Nada de eso. Le gustó porque vio que una cosa no tenía nada que ver con la otra: podía perfectamente ser mayor y seguir jugando. Y entonces le pareció que el mejor juego del mundo era pasar de pequeña a mayor, de mayor a pequeña, de pequeña a mayor, de pequeña..., «¡¡¡tris!!!», dio un crujido, y se estropeó. Ya no pudo ser mayor.

–¿Verdad que sí? –le pregunté.

–Sí.

–No estoy hablando contigo, Alfonso. Deja que ella responda.

–Pero de nada te sirve preguntarle.

–¿Por qué?

–Ni ella comprende lo que dices, ni tú entiendes lo que ella habla.

–Claro que entiendo.

–No, no lo entiendes.

–¡Lo entiendo! –y le pregunté otra vez a la Paraguas–: ¿De verdad que te estropeaste?

Se mantuvo muda.

–Te estoy diciendo que no sirve de nada preguntarle: su lengua es muy complicada, sólo los gallos la entienden.

–¿Quieres hacer el favor de quedarte quieto? –cogí de un tirón la Paraguas y le dije–: ¡Responde! –pero no respondió nada. La apreté con más fuerza–: ¿Responde, oye? –Nada. La apreté más aún. Entonces dijo:

–Bzzzzzzzzzzzzzzzzzztctctctctctctctctctct ctctctctctctctctctctcjjjjjjjjjjjjjjjDr¿¿drdrdrrrrr r)967854326666666666666666666???????????? ???????????!!!iuiuiuiuiuiuiuuuuuuuuuuuuuu gdtgdtgdtgdtgdtgdtbzzzzzzzzzzzzzzuzuzuzuzu zuzuzuzuzuzuzuztzttatatatatatatatatatatata,,, ,,,,,,,,,,¿ta?bzzzzzzzzzzzzzzzzzz.

Me llevé un susto tremendo. Alfonso se echó a reír:

–¿No te dije que su lengua es incomprensible?

–¿Qué dijo?

–¡Ay!

–¿Ay? ¿Solamente eso?

–Sí.

–¿Todo aquello sólo para decir ay?

–Sí.

–No puede ser.

–Pero es. Ella habla una lengua bastante larga.

De contentísima pasé a contenta; nunca podría charlar con la Paraguas. Alfonso tendría que traducírmelo todo. –Suspiré:

–Bueno, pero sigue entonces. ¿Qué pasó después de que se estropeó?

–Pues no veas: cuando se estropeó, su historia también se estropeó.

–¿Quieres decir que su historia no tiene fin?

–Eso es.

De contenta pasé a enfadada.

–¡Ah! ¿Cómo es eso, Alfonso? Toda historia tiene que acabar, no puede quedarse en el aire.

–Pero la suya se quedó, ¿qué puedo hacer?

–Pero su voz no se estropeó.

–No.

–¿Entonces por qué no nos cuenta lo que le pasó después?

–No fue su voz la que se estropeó, fue su historia. Se estropeó con el crujido. Solamente cuando el crujido «descruja», su historia «descrujirá» también, es decir, continuará hasta el final.

Seguimos caminando. Hasta que le dije:

–Pregúntale si tiene nombre.

–Ya lo he preguntado.

–¿Y lo tiene?

–Sí, pero se estropeó junto con el crujido.

Me enfadé más y entonces decidí abrir la Paraguas. Empujé, empujé el muelle. Pero no servía de nada: la Paraguas se abría un poquito y se detenía a la mitad del camino.

–¿Qué ocurre, Alfonso?

–Desde que se rompió, no se abre más.

Con esto ya me requeteenfadé.

–Pero, Alfonso, ¿qué voy a hacer con una Paraguas que no tiene nombre, no termina su historia, no se abre, y encima no funciona?

–Guárdala en el bolso, es muy bonita.

Bonita sí que era. Tan bonita que acabé pensando: «Bueno, paciencia. En vez de servir de paraguas, ahora sirve para que la miren.» La metí en el bolsillo estrecho y largo. Entraba justito. Rápidamente estiró el cuello para poder mirar a Alfonso. Éste volvió la cabeza, la miró y... no lo sé..., pero la manera como se miraron fue así como..., que sé yo..., una mirada que un día terminará en boda.

El bolso pesaba aún más. Tuve que hacer un tremendo esfuerzo para colgármelo del hombro.

Después de haber caminado un poco, Alfonso gritó:

–¡Mira, es Terrible! ¡Vamos hablar con él, Raquel! –se puso agitadísimo–. ¿Te acuerdas de una gallina gorda y blanca que vivía en el gallinero?

–Sí.

–Pues Terrible es su hijo.

–¿Se llama Terrible?

–Sí.

–Vaya nombre.

–Es un gallo de pelea.

–¿Ah, sí?

–La primera vez que me escapé del gallinero fui corriendo a verlo pelear. Era terrible de verdad, vencía en todas las peleas.

–Pero ¿cuando inventé el gallinero, estaba él allí?

–No. ¿No te acuerdas de que la gallina gorda echaba mucho de menos a su hijo que se había marchado?

–¡Sí, me acuerdo!

–Pues era Terrible. Desde pequeñito decidieron que iba a ser gallo de pelea, ¿sabes?, de la misma manera que resolvieron que yo iba a ser gallo cuidador de gallinas. Sabes cómo es esa gente, quieren decidir todo por uno. Y entonces empezaron a entrenar a Terrible. Le metieron en la cabeza que había de ganar siempre a todo el mundo. Hasta dijeron, no sé si es verdad, que habían cosido el resto de su pensamiento con un hilo bien fuerte. Para no reventar. Y para que él pensara únicamente: «Tengo que ganar a todo el mundo», y nada más.

–¡Caramba! ¿Y él venció siempre?

–No lo sé. Después que volví al gallinero no tuve más noticias suyas –saltó fuera del bolso y salió corriendo.

El primo de Alfonso era pequeño, de cuello rapado, no dejaba de agitar la cabeza y tenía un aspecto nervioso que impresionaba. Jugaba solito a los dados. Los echaba al suelo, miraba

los puntos que había hecho, luego saltaba para otro lado y los lanzaba otra vez, fingiendo que eran dos jugadores a la vez. Me entró curiosidad por oír de él mismo si ganaba o perdía. Iba a preguntárselo, pero Alfonso gritó:

–Primo, ¡cómo te he echado de menos!

Terrible se llevó un tremendo susto. Se quedó inmovilizado (como cuando uno cree que está a peligro). En vez de abrazar a Alfonso, dijo:

–Me apuesto diez duros en una lucha contra ti –y tomó posición de pelea.

Entonces quien se asustó fue Alfonso. Rió desconcertado:

–¿Qué pasa, Terrible? ¿No te acuerdas de mí? Soy tu primo Rey. Sólo que ahora ya no me llamo Rey, me llamo Alfonso. Y ésa es una amiga mía, Raquel.

Yo tenía un poco de miedo, pero de todas formas le dije «¡hola!».

Ni me miró. Siguió hablando con Alfonso:

–Apuesto diez duros a que te gano.

–Pero ¿qué historia es ésa, Terrible? ¿Por qué quieres pelear conmigo?

–Para enseñarte que puedo ganarte fácilmente.

–Entonces haz como si ya hubiéramos peleado y hubieras vencido –levantó un ala de Terrible y gritó–: ¡Campeón! ¡Campeón! ¡Campeón!

Terrible se asombró mucho.

–¿No te importa perder?

–De ninguna manera.

–Pero ¿cómo?

–Terrible, a ver si comprendes: hace siglos que no te veo, te echo de menos, estoy loco por saber qué has hecho...

–He peleado.
–Quiero saber de tu vida punto por punto.
–He peleado, peleado y peleado.
–¿Cuántas peleas hiciste?
–Ciento treinta y tres.
–¿Cuántas ganaste?
–Ciento treinta.
–¿Cuándo perdiste?
–Las tres últimas.
–¿Por qué las perdiste?
–Perdí la última porque perdí la penúltima.
–¿Por qué perdiste la penúltima?

–Porque perdí la antepenúltima.

–Pero ¿por qué perdiste la antepenúltima?

–¡Porque apareció un gallo más joven y más fuerte que yo! ¿Quieres dejar de hacerme preguntas, eh?

Pero Alfonso hizo una más:

–¿Cuándo vas a pelear otra vez?

Se puso aún más nervioso y gritó:

–El sábado. Y no la puedo perder, ¿sabes? Mis dueños dijeron que si peleo mal esa vez, nadie más apostará por mí; y ellos ya no me defenderán y dejarán que el otro gallo acabe conmigo. ¡No puedo perder esa pelea de ninguna manera! ¡De ninguna manera! De..., de..., de... –y su cabeza se agitaba tanto que no pudo hablar más.

Aquello me pareció impresionante. Claro que ya había visto gente con la manía de decir que se debe ganar a los otros, ser el primero en esto, el primero en aquello, pero nunca pensé que alguien se empeñase tanto en ganar.

Alfonso, con cara muy seria, miró detenidamente a Terrible. De repente se enfadó:

–¿Ganaste ciento treinta combates?

–Sí.

–¿Entonces también ganaste mucho dinero?

–Yo no; los que ganaron fueron mis amos.

–¿Y eso?, ¿tú peleas y ellos ganan?

–Sí.

–Entonces deben ser ricos.

–Sí.

–Si son ricos no necesitas pelear más.

–Sí.

–Puedes decirles que ahora quieres vivir tranquilo.

–No.

–Sin tener que arriesgar la vida.

–No.

–Pero ¿por qué no, primo?

–Porque tengo que pelear.

–Pero ¿por qué?

–Porque tengo que ganar a todo el mundo –y comenzó a saltar, calentándose para la pelea.

Alfonso se volvió hacia mí y cuchicheó:

–Caramba, sólo piensa en eso. ¿Será verdad que le cosieron el pensamiento?

Se oyó una gritería tremenda; un grupo de gente surgió en la esquina gritando:

–¡Campeón! ¡Campeón! ¡Campeón!

En el centro venía un hombre con un gallo en el hombro. Era un gallo fortísimo, con espolones inmensos, y una cara que metía miedo. Cuando Terrible vio el gallo, se encogió asustado:

–Es Cresta de Hierro. Y el hombre es su amo.

El dueño marchaba feliz, riendo, charlando con todo el mundo. Sostenía fuerte la pata de Cresta de Hierro para que la gente que le quería felicitar no le tirase al suelo. Y todos a su alrededor no dejaban de aplaudir y gritar:

«¡Campeón!»

Alfonso se volvió a Terrible:

–¿Conoces a ese Cresta de Hierro?

–Fue quien me venció. Con él voy a luchar el sábado.

–¡Huy!... –y Alfonso no dijo nada más porque se dio cuenta enseguida de que Terrible no estaba a la altura de Cresta de Hierro.

El grupo de gente pasó cerquita. Terrible se escondió detrás de Alfonso.

Le tiraron flores a Cresta de Hierro, siguieron con el alboroto. Y después doblaron la esquina.

El bullicio fue disminuyendo, y Terrible se quedó cabizbajo, con la cara muy triste. Suspiró:

–Antes de comenzar a perder yo era el campeón. También me aplaudían y gritaban de ese modo. Ahora solamente me abuchean –miró los dados. Movió la cabeza, comenzó a jugar otra vez consigo mismo. Se iba animando con el juego. Se olvidó de que estábamos allí, creo que se olvidó también de la lucha.

Alfonso me llamó aparte:

–Tenemos que ayudarle. No podrá luchar contra ese Cresta de Hierro. ¿Le viste bien la pinta?

–Espantosa.

–Terrible va a perder. Va a morir.

–Habla con él, Alfonso. Dile que huya.

Alfonso saltó por encima de los dados, y le dijo:

–¡Escápate, primo! No podrás aguantar esa pelea. Escapa mientras te quede tiempo.

–De ninguna manera.

–¡Escápate!

–Sal de encima de mis dados.

–Yo me escapé del gallinero donde vivía, ahora soy un gallo feliz. Escapa también.

–Sal de ahí.

–El sábado acabarán contigo. No vayas.

–¡Iré!

–Terrible, óyeme...

–No te quiero oír –empujó a Alfonso, cogió los dados y siguió jugando.

Alfonso se acercó a mí y cuchicheó:

–La única manera es encerrarlo hasta que pase la hora de la pelea.

–Pero ¿dónde?

–Creo que el bolso amarillo será un buen sitio.

Casi me desmayo.

–¡Ah, mira, Alfonso! El bolso ya está hasta los topes.

–Cada uno se encoge un poco, y no pasa nada.

–Pero, Alfonso...

–Sólo por unos días.

–¿Y el peso? ¿Ya lo pensaste?

–Él no pesa mucho.

–Pero, mira, si ahora apenas puedo cargar con el bolso amarillo, ¿cómo podré con Terrible dentro?

–Encojo la barriga para pesar menos.

–¡Ah!

–Será por poco tiempo, inténtalo.

–Va a ser difícil.

–Piensa en la pelea, piensa en Cresta de Hierro.

Lo pensé mejor, puse el bolso en el suelo y lo abrí. Alfonso no perdió tiempo; llamó a Terrible con la cara más inocente del mundo:

–¡Eh! Aquí dentro hay un individuo que te desafía a pelear.

Habló de pelea y Terrible se olvidó del juego.

–Dile que venga.

–Es un tipo raro, sólo le gusta pelear dentro del bolso.

–Aquí fuera sería una pelea abierta.

–Qué va, aquí hay mucho sitio, mira.

Terrible miró.

–¿Dónde está?

–Vive en este bolsillo. Abre la cremallera.

Terrible saltó dentro del bolso y abrió la cremallera. Alfonso saltó detrás y cerré el cierre. Ahora Terrible saldría solamente después de la pelea.

¡Qué peso! ¡caramba! Llegué a casa más muerta que viva.

Comida en casa de tía Brunilda

Terrible se puso furioso cuando vio que estaba encerrado. Comenzó a pelear con mis deseos, con la Paraguas, con todos. Cuanto más le explicábamos que queríamos salvar su vida, más se enfadaba; quería picarle a todo el mundo, saltaba de un lado para otro, el bolso daba unos botes que había que ver. Comencé a asustarme: un poco más y descubrirían que llevaba cosas raras en el bolso amarillo. Entonces hablé por la ventanilla:

–¡Eh!, Alfonso, a ver si controlas la situación.

Pero ¿quién asegura que lo conseguiría? Y llegó el sábado y mi hermana dijo:

–Vete a vestir, Raquel, vamos a comer en casa de tía Brunilda. Habrá bacalao.

Adoro comer, sólo hay un plato que no soporto: el bacalao. Pero como mi familia está siempre mimando a tía Brunilda, sabía muy bien que en el momento que dijera: «Tía Brunilda, ¿te importa si como solamente el postre?», me iban a mirar con unos ojos tan terribles, que iba a terminar comiendo. Por eso me quedé un poco preocupada.

Sólo tengo dos pantalones largos: unos buenos y otros malos, mientras unos se lavan, uso los otros. Y encima ahora, los buenos se estaban lavando.

Cuando me miré al espejo, me encontré una espinilla. Justo en la punta de la nariz. La apreté y comenzó a salir una agüita de dentro, enseguida me di cuenta de que había hecho una tontería.

El timbre sonó. Abrí la puerta y me tropecé con los dueños de Alfonso. Dijeron que andaban detrás de un gallo que se había escapado del gallinero, y que alguien había visto un gallo en nuestra casa. Pidieron permiso para entrar a buscarlo. Me quedé helada. Mientras hablaban con mi madre, corrí y avisé a Alfonso para que no dejara que Terrible hiciese ruido. Cuchicheé al cierre:

–Si intentan abrirte, estropéate, ¿eh?

Todos ayudaron a buscarlo. Pasaron tres veces cerquita del bolso amarillo, pero nadie descubrió nada. Por fin se fueron y, al salir, uno de ellos me dijo:

–Estate atenta, a ver si encuentras al gallo. Si lo ves, avísame enseguida, ¿vale?

–Sí. («Espera sentado...») –cerré la puerta. Me empezó a doler la nariz. Miré al espejo y dije:

–No puedo ir a la comida: se ha hinchado la nariz, me duele muchísimo.

Me ordenaron que terminara de arreglarme y me pusiera mercurocromo.

Cuando abrí la puerta del armario del baño, el dichoso mercurocromo, que estaba en la punta de la balda, sin tapa ni nada, se me cayó encima. Estuve a punto de morirme de rabia. Ya estaba casi lista para salir. Me había planchado los pantalones, luego cogí la pintura que mi hermana usa para los ojos y dibujé una flor en mi blusa para tapar una antigua mancha. Pero ahora estaba toda manchada, toda roja, la blusa, los pantalones, la flor, hasta mis zapatos recibieron una ducha de mercurocromo. Sospeché que iba a tener un día espantoso. Me puse aquel vestido de cua-

dros que me parece horrible; mi nariz estaba horrible; yo estaba horrible; salí de casa creyendo que mi vida era horrible.

Pero ya en la puerta me detuve: «¿Y si alguien abre el bolso amarillo mientras estoy fuera? ¿Y si descubren a Alfonso? ¿Y si Terrible se escapa para ir a la pelea? ¿Y si mis deseos salen también, creciendo y ocupando todo el cuarto?» Me asusté. La única manera

era no arriesgarme y llevar el bolso conmigo. Lo cogí. Cuando mis padres y mis hermanos me vieron cargando aquel peso, me dijeron que estaba loca; no podía ir a la comida con un bolso tan enorme, ridículo, de mayor, y no sé qué más. Entonces me puse más nerviosa todavía. Comencé a inventar un montón de disculpas. No me gusta nada mentir; lo que desearía es poder decir: «Tengo que llevar el bolso amarillo. Guardo dentro cosas muy importantes. Cosas que no puedo ni deseo enseñar a nadie.» Ya está. Qué fantástico sería poder hablar así y que nadie me preguntase: «Pero ¿por qué? ¿qué cosas son ésas? ¿cómo se abre ese bolso? ¿El cierre está estropeado?» Ni que me ordenen: «¡Abre! ¡Habla! ¡Di!»

Entonces mentí. Dije que al día siguiente tendría un examen de Matemáticas muy difícil y que llevaba todos mis libros y cuadernos para estudiar después de la comida. (Mientras hablaba, Alfonso cogía a Terrible para que no gritase ni saltase.) Por lo visto se lo creyeron, porque después me dijeron:

–Salgamos de una vez, que ya vamos retrasados.

Y nos fuimos.

Todo el tiempo fui simulando que el bolso no pesaba mucho. Pero, a decir verdad, era más pesado que un elefante. Llegué a casa de tía Brunilda con el corazón en la boca.

Yo era la única niña en la comida. Tía Brunilda tiene un hijo de catorce años, Alberto, pero hace mucho tiempo que había decidido que no era más un niño. Todo lo que él hace, tía Brunilda lo acepta. Es el tipo más mimado que he visto nunca.

Cuando llegamos, me tiré en un sofá. Tía Brunilda dijo enseguida:

–Ven aquí, Raquelita, siéntate en esta sillita.

–Este sofá es muy cómodo, tía Brunilda.

–Aquí estarás más graciosa. Ven.

Todos me miraron. No tuve más remedio que levantarme. Puse el bolso amarillo detrás de la silla para que nadie le prestara atención.

–Ya estás hecha una jovencita, ¿eh?

–¿Quieres un cacahuetito?

–¿Qué hiciste en tu naricita?

Yo respondía y pensaba: «¿Será que creen que si hablan conmigo como suelen hablar entre ellos no comprenderé? ¿Por qué pondrán *ito* a todas las palabras y hablarán con esa voz tan boba, *voz de niñito,* como ellos

mismos dicen?» Cuando iba a comerme un cacahuete, mi hermana dijo:

–Raquel, recita para tío Julio y tía Brunilda aquel versito en inglés que aprendiste en la escuela. Es tan preciosito.

Casi me caigo hacia atrás. El día en que recité ese verso en casa, me mandaron callar porque les agotaba la paciencia. Sin embargo ahora me lo pedían:

–Recita, hijita, recita.

Intenté poner *voz de niñita:*

–No me acuerdo muy bien.

–Recita de todas maneras.

Tenía ganas de todo, menos de recitar. Me entretenía pelando cacahuetes a ver si charlando se olvidaban de mí. Pero, no. Tuve que recitar y me salió fatal. Nada más terminar, dijeron:

–Ahora baila aquella dancita que el otro día bailaste en casa.

Todos me miraron, aguardando. Miré a mi padre para ver si me socorría. Pero él me miró a los ojos como diciendo: «¡Baila de una vez, niña!»

¡Caramba!, el otro día había bailado porque estaba contenta, con ganas de bailar. Pero ahora me gustaría estar quieta comiendo cacahuetes, ¿por qué nadie decía: «Déjala, no le apetece»? Aguardé. Nadie lo dijo. Bailé, pensando todo el tiempo que *a ellos* no les gustaría bailar sin tener ganas. Yo sudaba que hay que ver. No era por el baile, no. Sudaba por los nervios: ¿tendría que seguir haciendo monadas?

Cuando terminé, aplaudieron y tío Julio me dijo:

–He sabido que estuviste escribiendo una novelita.

–Cuenta cómo era la historia –dijo mi hermano. Puso cara de risa y disimuladamente le guiñó un ojo al tío Julio.

¿No se darán cuenta de que se perciben esos guiños? Estaba clarísimo que mi hermano quería ver a tío Julio y a tía Brunilda riéndose de la historia de Rey.

En ese momento oí un hipo dentro del bolso amarillo. Después otro y otro más. Miré disimuladamente. Cada vez que se escuchaba un hipo, el bolso daba un saltito. Lo más rápidamente que pude desaparecí en el jardín, diciendo que después contaría mi novela; ahora iba a estudiar.

Abrí el bolso. Era Terrible, pobrecito. Tanto le habían apretado el pico para que no

lo abriese y sujetado la pata y el ala para que no se moviera, que le dio hipo. El hipo es de esas cosas que nadie puede contener, tuvo hipo durante media hora. Entonces se cansó y se quedó dormido. Felizmente, porque en ese momento tía Brunilda gritó:

—¡Ven, Raquelita, vamos a la mesa!

Puse el bolso amarillo bajo la mesa, cerquita de mi pie. Todo estaba tranquilo dentro. Mi preocupación fue disminuyendo. Trajeron la fuente con el bacalao y la pusieron justo delante de mí. Inmediatamente volví a preocuparme, del bacalao salía más humo que de una chimenea y el humo pasaba bajo mi nariz.

Los mayores siempre que ven coches y fábricas espulsando humo dicen: «¡Qué polución más horrible!»; Pero para mí el humo de aquel bacalao era la peor polución que puede haber.

Llenaron mi plato. Le eché valor y dije:

–Tía Brunilda, me vas a perdonar, pero si hay algo que no aguanto para comer es el bacalao.

–Tonterías de Raquel, sí que le gusta –dijo mi padre.

Miré a mi madre, y ella puso cara de quien dice: «¿No crees problemas: sí, Raquel?» Mi hermano estaba a mi lado y dijo: «Come». Mi hermana estaba al otro lado y me dio un codazo para que comiera. Me di cuenta de que iba a tener dificultades. Entonces mandé recado a mi estómago para que aguantara firme, y comencé a masticar despacio. En esto, Alberto se bajó para coger la servilleta y gritó:

–¡Vaya!, ¿habéis visto el tamaño del bolso de Raquel?

Antes de seguir contando lo que pasó, es bueno explicar que a Alberto le encanta meterse conmigo. Nos vemos raramente, pero siempre se las arregla para acabar con mi paciencia.

–¿Qué llevas ahí dentro, Raquel?

Todo el mundo se fijó en el bolso amarillo. Respondí ya un poco preocupada:

–Nada. No llevo nada.

Tía Brunilda dijo:

–Yo usaba ese bolso para ir al mercado. Pero es muy grande para ti, Raquelita.

Mi hermana dijo con la cara más dura del mundo:

–Eso le hemos dicho, pero Raquel se empeñó en que lo quería.

Y entonces Alberto dijo:

–Voy a mirar, para ver qué tiene –pero lo dijo cantando, con la música del corro del la patata.

Mi corazón latió acelerado. Todo lo que a Alberto deseaba, lo hacía de verdad; si se empeñaba, me arrancaría el bolso a la fuerza. Entonces, para ver si todos se olvidaban del asunto y me dejaban en paz, dije:

–¡Ah, tío Julio!, querías saber cómo era mi novela, ¿verdad? –y comencé a contarla.

Alberto canturreó más alto:

–Voy a mirar este bolso, para ver qué hay

dentro –se levantó de la mesa. Todos le miraron. Continué contando la historia. Él se acercaba–: Voy a mirar ese bolso, para ver qué hay dentro –extendía las manos igual que garras de monstruo, y hacía unos gestos horrorosos.

Todos se echan a reír. Principalmente tía Brunilda. Lloraba de tanto reír. Dejé de hablar, me levanté y puse el bolso detrás de mí. Entonces Alberto comenzó a hacerme cosquillas para ver si dejaba el bolso. ¡Fue lo que faltaba! Me enfadé de verdad:

–Tía Brunilda, dile a Alberto que se esté quieto.

Ella se reía.

–Por favor, tía Brunilda.

–Voy a mirar ese bolso, para ver qué hay dentro –y venga hacerme cosquillas.

Me acerqué a tía Brunilda.

–A ti te parece gracioso todo lo que Alberto hace, ¿verdad? Puede hacer la mayor tontería del mundo, que a ti te parece graciosa.

Mi hermano frunció el ceño:

–No le hables así a tía Brunilda.

–Si a ella no le importa nada lo que Alberto me hace a mí, ¿por qué me va a importar ella?

–¡Raquel!

–¿Por qué siempre os preocupáis de ella, eh?

–Ni una palabra más, Raquel.

–Voy a mirar ese bolso...

–¿Por qué estáis siempre mimando a tía Brunilda, eh?

–Raquel, he dicho basta.

–... para ver qué hay dentro.

–Porque es rica, ¿eh?

–¡He dicho bas-ta!

–Voy a mirar ese bolso...

–Porque siempre nos envía regalos, ¿eh?

–¡¡¡Basta!!!

Pero me sucedió una cosa extraña, no podía dejar de hablar. Cuantas más cosquillas me hacía Alberto, más alto hablaba. Mi hermana me dio un pellizcazo tan grande, que grité. Alberto dio un bote.

–¡Lo cogí! –y tiró del bolso. Pero no lo solté, y lo empujé hacia mí. Él tiró mucho más. Y mientras tiraba, ponía caras raras y hacía gracias, y los demás seguían riéndose. Él tiraba, yo tiraba, el bolso iba para su lado, se me escapaba de las manos; él tiraba, tiraba, se me iba escapando, se escapó–: ¡¡Ah!!, ahora vamos a ver qué guarda Raquel aquí dentro.

Quise hablar. Se me atragantó todo en la garganta. Me acordé del cierre. Pensé con toda mi fuerza a ver si me oía: «¡Estropéate!».

Alberto se sentó en el suelo:

–¿Qué pasa? ¿El cierre no se abre?

Seguían riéndose. «¡Caramba!, ¿por qué no habría nacido Alberto en vez de Raquel?» Nada más terminé de pensar en ello, cuando las ganas de haber nacido chico comenzaron a crecer tanto que despertaron a Terrible, empujaron a Alfonso, que sé yo lo que pasó, la cuestión es que el bolso comenzó a dar botes por el suelo.

–¡Hay algo vivo ahí dentro! --gritó Alberto. Y todos se quedaron con los ojos desorbitados. Mi madre se levantó de la mesa y habló con voz firme:

–Bueno, Raquel, ahora veamos de una vez qué es lo que hay ahí dentro.

–El cierre no se abre –dijo mi hermana.

–Pero ¿por qué? No está cerrado con llave...

–Espera un poco, déjame probar.

–Tira de aquí, así, a ver si se abre. Y de repente, todo el mundo estaba luchando para abrir mi bolso. Mío. Mío. ¡Mío! y yo sin poder hacer nada. ¡Ah, si yo fuera mayor! ¿Quién me abriría el bolso así, a la fuerza, si yo fuera mayor? ¿Quién? Y mi deseo de ser mayor comenzó también a crecer. Y cuanto más inactiva me quedaba, más crecía, y el bolso se agrandaba y se agrandaba; ya ni saltaba, solamente se agrandaba más, más y más.

Se quedaron con la boca abierta.

–¡Parece un globo!

Olvidaron incluso la pelea con el cierre, se olvidaron de todo. Solamente miraban el bolso inflándose. Que nadie lo sepa, pero yo también estaba bastante asustada: nunca había visto mis deseos tan grandes.

Dentro del bolso amarillo se oyó gemir. Me di cuenta de que no podían soportar la situación. La Paraguas pedía socorro. Pero pedir socorro en la lengua de la Paraguas lleva mucho tiempo, y todos se quedaron más espantados aún cuando oyeron aquella lengua tan rara.

–¿Al fin y al cabo, Raquel, qué es lo que llevas ahí dentro?

–¡Habla, niña!

Cada uno interpretaba el ruido a su manera. Comenzaron de nuevo a querer abrir el cierre. Pero éste –¡qué buen amigo fue!– resistió hasta el final la fuerza que hacían para abrirlo.

–No hay manera, no abre.

–Déjalo, dentro de poco no aguantará y reventará –dejaron el cierre. Vi que la tela del bolso ya se había estirado todo lo posible. Alberto gritó:

–¡Miren, va a reventar, va a reventar!

Nadie dijo nada. Aguardaron a que el cierre estallara. Yo también. Y los del bolso también continuaron quietos. Aguardando. Sólo aguardando. Aguardando.

De repente se produjo una tremenda explosión. Una explosión de verdad. Parecía que había reventado una bomba dentro del bolso. Todo el mundo saltó hacia atrás. Y entonces sucedió otra, más fuerte aún.

Fiuuuuuuuuuuuuuuuuuuuuu... Comenzaron a oír un ruido de globo que se vacía. El bolso se iba desinflando, desinflando, pero no dejaba de moverse: los de dentro del bolso estaban muy agitados. El bolso se desinfló hasta quedarse de su tamaño normal; entonces Alberto lo cogió para abrirlo. Y el cierre estaba tan mareado con las explosiones, que se olvidó de estropearse y se abrió.

Alfonso salió, con el antifaz, sujetando a Terrible. Éste estaba bastante raro: tenía el pico, el ala y la pata amarrados con la cadenita de la Paraguas. Alfonso gritó:

–¡Señoras y señores, estimado público! Soy un gallo mago. Aprendí un montón de trucos con mi antiguo dueño, que era mago. Raquel me ha traído a esta distinguida casa solamente para divertiros y hacer el truco del bolso que se infla y desinfla. Ya lo hice. Ahora ya puedo irme. Voy a otra casa para hacer el truco del gallo amarrado con una cadena. ¡Chao! –y salió rapidísimo, arrastrando a Terrible.

Todos miraron el bolso. Nadie se movía: la Paraguas, el Imperdible, los nombres, las fotos. Miré también. Vi restos de mis deseos en el fondo, así como residuos de un globo cuando revienta. Pero solamente lo vi yo, nadie más.

–¿Dónde encontraste ese gallo, Raquel?

Puse una cara de quien lo ve todo muy natural:

–Por ahí. Bonito truco, ¿verdad?

Me quedé esperando a Alfonso en la portería, loca por comprender bien lo que había pasado. Tardó mucho, y cuando llegó, estaba bastante cansado de sujetar a Terrible, que intentaba romper la cadena y escaparse. Lo encerró en el bolso. Suspiró aliviado y me guiñó el ojo:

–Tuviste una tremenda suerte hoy, ¿eh?

–¡Dime lo que ha pasado, Alfonso! No he entendido nada.

–¿Él no te ha contado?

–¿Quién?

–El Imperdible. Fue quien salvó la situación.

–¿De verdad? –cogí el Imperdible del bolso bebé. Solamente entonces vi que estaba un poco torcido–: ¿Qué pasó?

Su puntita fue rayando la palma de mi mano:

–Bueno, tus deseos fueron inflándose como un globo. Quedamos tan apretados, que nos estábamos asfixiando.

–Eso lo sé; pero ¿qué pasó después?

–¿Te acuerdas cuando te conté mi historia?

–Sí.

–Todo el mundo decía que yo no servía para nada, pero yo me empeñaba en que sí servía para algo. ¿Te acuerdas?

–Sí, Imperdible, me acuerdo; pero ¿qué pasó?

–Pues sí, que sirvo, ¿Lo has visto?

–Pero cuéntame de una vez qué hiciste:

–Pinché tus deseos con todas mis fuerzas, a ver si explotaban como un globo. Y explotaron de verdad. Pero, ¡caramba! ¡Te voy a decir! Como son tan duros, ¿eh?, tuve que hacer tanta fuerza para pincharlos, que terminé torciéndome. ¿Me arreglas?

–¿Y la idea de la magia? ¿También fue tuya?

–¡Fue mía! –gritó Alfonso–. ¿Te gustó?

–Cómo no había de gustarme.

–A mí también me gustó muchísimo. Me pareció incluso que si ya encontré una idea, ahora seré capaz de encontrar otra.

—¿Qué otra?

—La idea que necesito para luchar por ella... ¡Vaya!, ahora me doy cuenta de que la Paraguas está desfallecida.

—¿Desfallecida?

—Se desmayó del susto con los estruendos.

—¿Me destuerces, Raquel?

—Ah, Alfonso, haz algo para que ella se reanime, ¡anda!

—Pero ella tiene cara de que está contenta. Mira. Debe de estar soñando con algo bonito.

Y era verdad. La Paraguas tenía una cara preciosa. Nos quedamos un rato quietos, mirándola. Después, Alfonso decidió:

—¿Sabes una cosa? Voy a dejar a la Paraguas desmayada hasta mañana por la mañana.

—¿Para que siga con el sueño bonito?

—No. Porque si despierta, comenzará a contarnos su desmayo y hablará durante toda la noche.

—¿Me enderezas?

—Claro.

—Anda...

Lo enderecé. Y entonces el Imperdible volvió muy contento al bolsillo: había demostrado que de verdad servía para muchas cosas.

Terrible se marcha

Me desperté y encontré a Alfonso asustadísimo:

–¡Raquel, Terrible huyó!

–¿Cómo es posible? ¿No estuvo cerrado el bolso toda la noche?

–Se debió abrir el cierre.

Me enfadé con el cierre, y le regañé:

–¡Qué pesado eres! ¿Cómo has dejado que Terrible se escapara?

Pero el cierre es un tontorrón, hasta hoy no ha aprendido a hablar. No va más allá del tlique-tlique. Después que me había desahogado, lo único que supo decirme fue un tlique con aire de dolor. Fue entonces cuando me di cuenta de que estaba todo arañado por dentro, pobrecito. Seguramente Terrible había luchado contra él, y no pudo evitarlo.

Alfonso me enseñó un mensaje que había encontrado en el fondo del bolso. Decía:

Me fui a pelear con quien debía pelear.
Para que veáis que todavía puedo vencer.

Terrible.

Miré al despertador de mi hermana. Eran las cinco de la mañana.

–¿A qué hora iba a ser?

–A la noche, muy tarde.

–La noche tiene muchas horas.

–No sé cuando será.

–Pero ¿sabes dónde?

–En la Playa de las Piedras.

–Entonces vamos allá.

–¿Y si tu familia despierta y no te ve?

–Es temprano todavía: hay tiempo para ir y volver antes de que despierten.

Pero Alfonso no se movía.

–¡Vamos ya, Alfonso!

–Tengo miedo.

–¿De qué?

–¿Y si Terrible no ha ganado?

–¿De qué sirve estar pensando? Lo mejor es ir a ver.

Y fuimos.

La Playa de las Piedras se halla siempre vacía porque está mal situada, tiene el mar siempre agitado y muchas piedras en la arena. Por la noche se queda desierta. Por eso la eligieron para organizar la pelea. Era una gente muy lista: saben que las peleas de gallos están prohibidas, pero sabían también que organizándolas por la noche, en la Playa de las Piedras, nadie se iba a enterar.

Cuando llegamos, sólo vimos huellas de un corro en la arena. Alfonso me explicó que solían sentarse en corro para ver la pelea y apostar.

La función debía de haber terminado hacía mucho tiempo, porque no vimos gallos ni nadie cerca. Pero la arena del centro del corro estaba toda removida. Había huellas de escarbar, rayas en todas direcciones formando el dibujo de una pelea. Entre las rayas había sangre. Era tiempo de lluvias y, a decir verdad, ya estaba chispeando. Vimos plumas en el suelo.

–¿Son de Terrible?

–Sí.

Eran dos plumas.

En ese momento oímos un quejido.

Bzzzzzzzzzzzzzzzzzz ((((((((((((iui uiuiui-u))))))))))))bvbvbvb zzzzzzzzzz???????zzz!!!!-!!!hmmmmmmmmmm mmmmmmmmmmmmmmmmm iutybvbvbvbvbyuyuyuyuyutctctctctctctctb-zzzzz?¿tlatlatlatlatlatlatla.

Alfonso se llevó un susto:

–Eso en la lengua de la Paraguas quiere decir socorro.

Abrí el bolso y miré:

–¡La Paraguas ha desaparecido!

Con las prisas y los nervios, no se había dado cuenta de que su bolsillo estaba vacío.

–Entonces ha sido la Paraguas quien ha gemido.

Inmediatamente fuimos a mirar detrás de las rocas y encontramos a la pobre Paraguas tirada en la arena, cansada de pedir socorro. Nada más ver a Alfonso comenzó a hablar. Tanto habló que me estaba quedando dormida, pero Alfonso puso una cara tan fea que me quitó el sueño y le pregunté:

–¿Qué te ha contado, Alfonso?

No me hizo ningún caso, continuaba escuchando, y cada vez ponía peor cara e incluso la cresta se le vino abajo, inclinó la cabeza y las plumas de su cola, siempre tan elegantes, se marchitaron que era una pena.

Después de un largo rato, la Paraguas se calló. Con mucho cuidado, Alfonso la tomó entre las alas y me la entregó:

–Guárdala, Raquel. La pobre no se puede mover; se le han roto las varillas buenas que aún le quedaban.

Coloqué a la Paraguas en el bolso:

–¿Qué ha ocurrido, Alfonso?

Se desmayó y al despertarse vio a Terrible huyendo del bolso amarillo. Se agarró a él, e intentó convencerle de que no peleara. Pero Terrible no le hizo caso. Corría. Volaba. Llegó a la playa y enseguida saltó al centro del corro. Cuando todos vieron a la Paraguas agarrada a Terrible, se echaron a reír. Le dijeron que se fuera porque, de lo contrario, Cresta de Hierro acabaría también con ella. No se inmutó y siguió hablándole a Terrible. Aun se rieron más, pero a ella no le importaba nada, sólo quería ayudar a Terrible. Entonces la gente se enfadó, la separaron de Terrible y, ¡zuque!, la arrojaron lejos. Cayó detrás de las rocas y se rompió lo poco que le quedaba nuevo, lo que estaba mal se terminó de romper.

Alfonso hablaba bajito, mientras caminábamos hacia el corro. Yo iba detrás.

–¿Vio la Paraguas cómo peleaban?

Alfonso se detuvo y contempló las dos plumas.

–Sí, pudo ver la pelea.

–¿Y entonces?

–Dijo que Terrible recibió una paliza de muerte.

–No puede ser.

–Así fue.

–Pero él dijo que venía para demostrar que podía ganar.

–Cresta de Hierro le venció.

–Seguro que la Paraguas no vio bien, Alfonso.

–Sí que lo vio todo.

–Estaba oscuro, lo habrá visto mal.

–Tiene buena vista.

–¿Y dónde está Terrible?

–Se lo llevaron, para que no quede rastro en la arena y nadie se entere de que hubo una pelea de gallos –recogió las plumas–. Pero se les olvidaron estas plumas –las acarició despacio–. Las guardaré de recuerdo.

Me quedé mirando el corro. Los niños usan el corro para jugar: a las prendas, a cantar, al veo-veo... Pero los mayores inventaban cosas muy raras con los corros. Le pregunté:

–¿Tú crees que si no hubiesen cosido tan fuerte el pensamiento de Terrible, habría venido a pelear?

Alfonso no me escuchaba, iba muy adelante. Tenía mucha prisa y caminaba de modo diferente, con la cabeza baja para que nadie se diera cuenta de que estaba muy triste.

Historia de un gallo de pelea y de un carrete de hilo

Yo había dicho que nunca más en la vida, hasta ser mayor, escribiría otra novela. Pero aquello que le pasó a Terrible me dejó muy –qué sé yo–, muy cambiada, no dejaba de pensar en ello. Cuando me di cuenta, me encontré escribiendo la historia de aquello que creo sucedió de verdad. Estoy segura de que la Paraguas no pudo ver bien. Copiaré aquí lo que he escrito.

«Nada más nacer, decidieron sería un gallo de pelea, tan vencedor de todo el mundo, tan terrible, que lo mejor era llamarle Terrible de una vez para siempre.

En el gallinero donde vivía cuando nacían los pollitos, los dueños decidían lo que cada uno iba a ser:

–Tú, a poner huevos.

–Tú, cuidador de gallinas.

–Tú, gallo de pelea.

–Tú, a la olla.

Y de nada servía que los pollitos quisiesen ser otra cosa: los dueños decidían todo, tanto si les gustaba como si no.

Terrible tenía un primo llamado Alfonso. Los dos eran muy amigos, se entretenían mucho charlando. Cuando sus dueños se dieron cuenta de que eran amigos los separaron. Y dijeron:

–Un gallo de pelea no puede ser amigo de nadie. Sólo le debe gustar pelear.

Terrible se hizo mayor. Sus dueños lo entrenaban todos los días para pelear. Pero cuanto más lo entrenaban, más ganas le daban de enamorarse. Porque él era así: le gustaba muchísimo la vida. El problema es que le ponían a pelear, y todo el mundo sabe que el que vive peleando no puede ser nunca feliz.

Hasta que un día se enamoró de una gallina que era muy bonita. Y ocurrió que en plena pelea se ponía a pensar en ella, y en vez de atacar al enemigo, solía dibujar corazones en el suelo. Sus dueños se enfadaron muchísimo y lo encerraron en un gallinero de tapias muy altas. No podía ver a su novia ni a nadie. Luego trajeron a otro gallo, que también se entrenaba para pelear, y lo pusieron con Terrible para que peleasen.

Pero a Terrible le caía muy bien el otro gallo y alzó vuelo hacia afuera, robó unas medias que estaban colgadas para secar, les cortó un trozo que llenó de hojas, de plumas, de todo lo que encontró, e hizo una pelota. En vez de pelear, los dos jugaron al fútbol.

Entonces los dueños dijeron:

–Lo único que nos queda es conseguir que Terrible piense como nosotros queremos.

Pero ¿cómo? Dieron vueltas y más vueltas, y finalmente decidieron que la única manera era coserle el pensamiento y dejar libre sólo el trocito que pensaba: "¡Tengo que pelear! ¡Tengo que ganar a todo el mundo!" Todo lo demás desaparecería al coserle. Y dijeron:

–Necesitamos un hilo muy fuerte para que no se suelte.

La tienda de los hilos era una mercería que sólo vendía hilos, de todos los colores. En el armario del fondo vivían dos carretes que hacía mucho tiempo estaban allí, uno al lado del otro, aguardando a que los comprasen. Uno de ellos era un carrete de Sedal; el otro, de Hilo Fuerte. Los dos charlaban todo el tiempo:

–¡Caramba!, qué suerte haber nacido Sedal, voy a vivir en el mar, al sol, pescando, será estupendo. ¿Tendrá barco mi comprador?

–¿Te gustaría viajar en un barco de vela o de motor?

–En barco de motor. Es más rápido. Salpica agua. Podré ver mejor el mar.

El Hilo Fuerte suspiró:

–Eres feliz, sabes ya la vida que vas a tener. Yo no lo sé. Me paso el día pensando en qué me usarán.

–¿Y a ti en qué te gustaría?

–¡Ah, para coser una tienda de campaña! Vivir siempre al aire libre, acampando aquí y allí; viajando para acá y para allá, conociendo un montón de sitios diferentes, ¡qué maravilla!

Los dos querían vivir en el mar, en el campo, siempre al aire libre, pues la Tienda de los Hilos era muy pequeña y hacía un calor sofocante porque la luz tenía que estar siempre encendida.

Cuando al anochecer cerraban la tienda, los hilos, al darse cuenta de que había terminado otro día y no aparecía ningún comprador, se sentían deprimidos y comentaban:

–¡Caramba!, vamos a terminar por enmohecernos de estar tanto tiempo en este armario.

Hasta que un día los dueños de Terrible entraron en la tienda y compraron a Hilo Fuerte. No dijeron para qué lo querían.

Al ver que su amigo se iba, Sedal casi se muere de tristeza. No murió porque estaba intrigadísimo por saber en qué iban a usarlo, y para averiguarlo se fue detrás de ellos. Aguardó que entrasen en casa, y se puso a mirar por el agujero de la cerradura. Vio perfectamente cómo le hacían un corte en la cabeza a Terrible, le sacaban el pensamiento y lo cosían con Hilo Fuerte, dejando sin coser sólo la parte que pensaba: "¡Tengo que pelear! ¡Tengo que ganar a todo el mundo!" Después vio cómo metían de nuevo su pensamiento en la cabeza y cosían el corte con un poquito de Hilo Fuerte. Sedal sintió mucha pena de su amigo. "¡Pobrecito! Él que quería viajar, estar al sol, al viento, acampar, y terminaba de ese modo, encerrado para siempre en el pensamiento de un gallo." Volvió a la tienda tristísimo. Se metió en el armario y siguió aguardando su comprador.

El tiempo pasó. Terrible sólo podía pensar con el pedazo de pensamiento sin coser. Y comenzó a ganar en todas las peleas. Todo el mundo apostaba por él. Sus dueños cogían el dinero y, en vez de dárselo, decían:

–Tonterías. ¿Para qué necesita dinero un gallo? –y se guardaban el dinero en el bolsillo.

A Terrible no le importaba porque la parte de su pensamiento que pensaba: "Caramba, me mato a pelear y ellos se quedan con el dinero", también estaba cosida.

¡Y así fue como Terrible ganó ciento treinta y tres peleas!

Durante todo ese tiempo la vida de Hilo Fuerte no fue nada fácil, vivía en el pensamiento de Terrible y pensaba siempre lo mismo, su vida era aburridísima. Entonces dormía para pasar el tiempo, dormía a pierna suelta. Y a veces pensaba: "Tengo que hacer algo para mejorar mi vida." Pero terminaba por no hacer nada, se necesitaba más espacio para buscar una idea, y allí dentro se vivía muy apretado.

Un día el cuerpo de Terrible se cansó. Peleó con un gallo más joven y más fuerte llamado Cresta de Hierro y perdió. Peleó otra vez, y perdió de nuevo. Sus dueños se enfurecieron, pero no permitieron que Cresta de Hierro acabase con Terrible. Fijaron un tercer combate para los dos. En la playa. Bien oculto. Sería una pelea decisiva. Y dijeron:

–Mira, Terrible, el problema es el siguiente: si no ganas esta pelea, dejaremos que Cresta de Hierro acabe contigo.

Terrible se puso nerviosísimo, pero como su pensamiento estaba atado, ni siquiera pensó en huir. Entonces se encontró con Alfonso, primo y amigo suyo.

Alfonso se había escapado del gallinero porque se empeñaban en convertirlo en un cuidador de gallinas, y esa vida le parecía horrorosa. Vivía escondido en el bolso de una amiga llamada Raquel.

Cuando Alfonso y Raquel supieron todo sobre Terrible, se dieron cuenta enseguida que Cresta de Hierro acabaría con él, y lo encerraron en el bolso. Pero la noche de la pelea, Terrible consiguió escapar y fue a la playa. Hilo Fuerte se puso muy nervioso: sabía que Terrible moriría en la pelea, y si el gallo moría, él desaparecería también. Era un hilo muy dormilón al que le encantaba un buen sueño, pero no le apetecía dormir toda la vida ni tampoco morir. Comenzó a esforzarse por tener una idea que salvara la situación.

—¡Entra en el corro! ¡Entra en el corro!

Así gritaban todos los espectadores cuando Terrible llegó a la playa.

Los apostadores estaban sentados en la arena formando un círculo, y Cresta de Hierro aguardaba en el centro.

¡Qué esfuerzo hacía Hilo Fuerte para encontrar una idea que lo arreglara todo!

Terrible saltó al centro del corro. La pelea comenzó.

Cresta de Hierro luchaba mucho mejor, y le gustaba la pelea (seguramente, también le habrían cosido el pensamiento).

Terrible comenzó a ceder. Perdió sangre y dos plumas; poco a poco se fue cansando.

Hilo Fuerte se empeñaba cada vez más en encontrar una solución.. Cuanto más perdía Terrible, más esfuerzo hacía. Más se esforzaba. Mucho más. Hasta que de repente, ¡¡¡plaf!!!, tanto esfuerzo hizo que reventó. Y el pensamiento de Terrible se descosió, se abrió por entero, comenzó a pensar miles de cosas, y hasta se mareó de tantos pensamientos a la vez. Rápidamente se dio cuenta de lo que estaba pasando, y claro está, como era listo, pensó: "Es una tontería que tenga que morir en esta playa sólo porque se empeñen en que pelee contra Cresta de Hierro." ¡Y se escapó! Echó a correr hacia el mar.

Todos fueron detrás, Cresta de Hierro también. Cuando Terrible vio que se acercaban, se metió más aún en el mar. Y avistó una barca. Dentro había un pescador tan entretenido en pescar, que no se dio cuenta de nada:

sólo miraba al mar. Terrible se dirigió hacia él. Hilo Fuerte se asustó de nuevo, Terrible no sabía nadar, seguramente se ahogaría, y también se ahogaría él. ¡Qué mala suerte! No había salido de una y ya entraba en otra.

Los que les perseguían estaban a punto de alcanzarles. Terrible comenzó a tragar agua y a hundirse.

Y en ese momento –justo en este instante– el Sedal de la caña del pescador reconoció a Terrible. Se dio cuenta de lo que estaba ocurriendo, se acordó de su amigo, cosido en el pensamiento del gallo, y, ¡zuque!, dio una voltereta y echó la caña a la cresta de Terrible. La caña la atrapó, y el dueño de la barca, creyendo que era el peso de un pez, tiró de la caña y enrolló a Sedal. Enrolló y enrolló, y Terrible se fue acercando al barco, hasta llegar junto a él. Sólo entonces el pescador se dio cuenta de que no era un pez, sino un gallo. Pero no le importó: le apetecía compañía. Entonces puso el motor en marcha y se largó.

La barca se adentró en el mar, y quien más se alegró fue Hilo Fuerte: le encantaba viajar, y así vería muchas islas, puertos, peces, montones de cosas nuevas que le maravillarían.

Un día, la barca llegó a un lugar lejano, y Terrible desembarcó. Allí viviría tranquilo. Sin tener que pelear con nadie. Pensaba hacer amigos y dibujar corazones. Ya nadie le cosería el pensamiento.

Quienes vieron en la playa las dos plumas que Terrible perdió, creyeron que había muerto. Se equivocaron. Ahora mismo él lo está pasando estupendamente en ese lugar lejano. Y también Hilo Fuerte. Los dos.»

Comencé a pensar de manera distinta

Mientras escribía *Historia de un Gallo de Pelea y de un Carrete de Hilo Fuerte,* las ganas de escribir se pusieron tan flaquitas que ya no pesaban casi nada. ¡Qué alivio! Pensé en cambiar de idea y decidí que si me apetecía escribir cualquier cosa debía hacerlo. Cartas, novelitas, telegramas, lo que me pasara por la cabeza. ¿Que se reían de mí? Paciencia. Era mejor que se riesen a que yo cargara con aquel peso dentro del bolso.

Alfonso andaba pensativo. Salía todos los días y estaba fuera mucho tiempo.

–¿Dónde estuviste Alfonso?

–Buscando una idea.

–¿La encontraste?

–No.

Hablaba poco, ni siquiera charlaba con la Paraguas.

Al terminar de escribir la historia de Terrible, se la di para que la leyera. Se puso más pensativo todavía. Me preguntó:

–¿Crees de verdad que fue eso lo que ocurrió?

–Creo que sí.

–Entonces merecerá la pena ir a la Playa de las Piedras de vez en cuando a ver si el barco aparece de nuevo.

–¿Vamos hoy?

Y fuimos. Pero no había ningún barco. Al volver, Alfonso gritó de repente:

–¡La encontré!

–¿El qué?

–La idea.

–¿Dónde?

–¡Dentro de tu historia! –y se puso tan alegre que había que verlo; comenzó a cantar:

> «La encontré, está encontrada.
> No la desencontraré jamás.
> La encontré, está encontrada.
> Ahora hay que empezar.»

–Pero ¿cuál es la idea, Alfonso?

–Iré por el mundo para impedir que le cosan el pensamiento a nadie –y comenzó a hacer planes: iría a aquí y allá, haría esto y lo otro, cruzaría el mar, encontraría a Terrible, y no sé qué cosas más. De repente se detuvo y frunció la cresta–: Sólo hay un problema: el mundo es demasiado grande, si me voy andando me cansaré mucho.

–Bueno, pero ¿no sabes volar?

Torció el pico con desdén:

–El vuelo del gallo es poquita cosa. Poquito a poco no llegaré lejos.

–Eres un gallo diferente, ¿por qué no pruebas a volar más alto?

–Pues ése es el problema –y entonces me contó que siempre tuvo la manía de volar muy alto. Pero nunca quiso probar, por miedo a caerse. Hasta que un día le echó valor y alzó el vuelo hacia el tejado de una casa. Y después hasta la rama más alta de una palmera. Y siguió volando a ver si alcanzaba una nube. Cuando ya se acercaba, perdió las fuerzas y comenzó a caer. Cada vez más deprisa. Y si no tiene la suerte de que un cuervo que pasaba le preguntase: «¿Te llevo?», sería ahora un gallo muerto–. Me quedé aterrorizado, ¿sabes, Raquel? Desde entonces, todas las semanas

me prometo que el próximo lunes probaré otra vez. Pero hasta ahora no he tenido valor y siempre lo dejo para el lunes siguiente.

–¿Cuánto tiempo hace que quieres volar?

–Desde pequeño.

La Paraguas quiso enterarse de lo que hablaba Alfonso. Él le contó en su lengua todos sus planes. ¡Lo que faltaba! Ella se puso a hablar tanto, tanto, que acabó llorando.

–¿Qué pasa, Alfonso? ¿Por qué la Paraguas llora de ese modo? –Alfonso tenía una cara tan triste que pensé que iba a llorar también.

–La Paraguas quiere venirse conmigo; dice que me echaría mucho de menos. Pero no será posible.

–¿Por qué?

–No lo ves, está completamente estropeada, no se puede ni mover.

El Imperdible saltó del bolsillo bebé y con la puntita iba rayando en la tela del bolso:

–El día que me sacaron del bolso, vi una casa donde se arreglaba de todo. Arreglaban también paraguas.

Alfonso se entusiasmó:

–Vamos allá entonces.

Coloqué el Imperdible en la palma de la mano, y cuando estábamos en la calle, le pedí que nos indicara el camino. La puntita iba rayando:

–De frente. Dobla aquí. A la izquierda. Sigue. A la derecha. Sigue. Cruza. Da la vuelta. Siempre de frente. Más. Aquí, ¡aquí es! –era una tienda de arreglos.

LA CASA DE LOS ARREGLOS

Entré. La Casa de los Arreglos tenía cuatro divisiones. En una estaba una niña de mi edad, en otra, un hombre, una mujer ocupaba la tercera y la cuarta un viejo. La niña estudiaba, la mujer guisaba, el hombre arreglaba un reloj y el viejo estaba reparando una olla.

Tosí para ver si me miraban. Pero estaban tan interesados en lo que hacían, que no se dieron cuenta de mi presencia.

La mujer guisaba canturriando bajito. Era una canción muy bonita. Cada vez que dejaba o cogía la olla, sonreía.

En el horno cocía un bizcocho y toda la casa olía a bizcocho. El olor era tan rico, que Alfonso, mis deseos, el Imperdible, todos, decidieron asomarse a la ventanilla para sentirlo mejor.

–¡Hmm, qué rico! –murmuré, pero nadie me oyó.

La niña dibujaba un mapamundi. Se esmeraba en los colores, para que cada país quedara tan bien como los demás, escribía el nombre de las capitales, de las ciudades; se interrumpía para pensar, buscaba en los libros, volvía al dibujo.

El hombre se acercó el reloj al oído y movió la cabeza satisfecho:

–¡Ah, por fin, ahora sí que el tictac está perfecto!

Y el viejo observando el fondo de la cacerola dijo:

–Soldaré esta olla tan bien, que se podrá guisar en ella durante muchos años –soltó una carcajada–. ¡Tontorrona! ¿Pensaste que por estar vieja no servirías para nada?

Y los cuatro dejaron lo que estaban haciendo para reírse de la cacerola; ¡qué boba era, pobrecita, creía que sólo porque era vieja no serviría para nada!

En la pared del fondo de la Casa de los Arreglos sólo había libros. Del suelo hasta el techo.

Alfonso quiso hablar algo y dijo:

–Hoja –pero muy bajito. Creo que a propósito para que nadie le oyera.

El hombre colgó el reloj en la pared:

–¡Listo!, ya estás curado –cogió una maceta rota y la acarició–: Ahora veamos cómo te puedo arreglar –la examinó atentamente–. Te voy a dejar como nueva. Nadie se va a creer que pretendían echarte a la basura.

Había cientos de cosas colgadas de la pared: sillas, ruecas, estilográficas, radios, bicicletas, hasta un perro de verdad con bozal. Me quedé embobada: «¿Estaba allí para que lo arreglasen?»

Entonces se dieron cuenta de mi presencia. Me saludaron con un «hola» muy agradable. Tomé la Paraguas y la enseñe al hombre:

–¿Usted me podría arreglar este paraguas?

La examinó con mucho cuidado:

–¡Caramba!, debe de haber sufrido unos golpes increíbles.

–Eso creo, y ahora no puede abrirse ni hacerse mayor. ¿Tiene arreglo?

–Claro que sí. Casi todo tiene arreglo.

–¿Y el perro? ¿También lo va a reparar?

Cuando iba a responderme comenzó a sonar el reloj. Era un reloj inmenso que colgaba de la pared y daba las horas con música. Pero no era una música sosa, no; era una melodía tan sugerente, que todos se sintieron atraídos por ella, dejaron lo que estaban haciendo y se pusieron a bailar en el centro de la casa. Daban pasos increíbles, reían, cantaban, cada uno parecía divertirse más que el otro. Me invitaron a bailar. Me quedé un poco parada, sin saber qué hacer. Pero la música del reloj era cada vez más agradable, y Alfonso no se contuvo, saltó fuera del bolso gritando:

–¡Vamos, Raquel, a bailar!

Entonces comencé a bailar. Alfonso bailaba

con la niña y yo con el viejo. Éste hacía los pasos más fantásticos que yo había visto nunca. Intenté imitarlo, me salió muy mal, me eché a reír, y todo el mundo se rió también. Pero no nos reíamos solamente de los errores; reíamos por todo; una vez y otra, Alfonso cantaba un quiquiriquí maravilloso, el viejo no dejaba de inventar bailes locos, el reloj se balanceaba de acuerdo con la música. Lo pasábamos tan bien, tan divertido, que no podíamos dejar de reírnos.

No supe cuánto tiempo duró aquella alegría. Solamente sé que, de repente, la música cesó. Todas las músicas, al terminar, se van haciendo más lentas, más y más, y uno se da cuenta de que está llegando al final. Pero la música del reloj no lo hizo así. Se interrumpió de pronto, sin ningún aviso. Y entonces la niña, el hombre, el viejo y la mujer también se detuvieron de pronto, al mismo tiempo que la música. Cada uno estaba parado ante una de las habitaciones. El hombre junto a la cocina, el viejo frente a la mesa con el mapa, la niña al lado de la Paraguas, y la mujer cerca de los utensilios para soldar. Sin decirse nada, comenzaron a trabajar: el hombre siguió guisando, el abuelo abrió un libro y se puso a estudiar, la mujer comenzó a soldar la cacerola y la niña examinó la Paraguas con aire de quien entiende del asunto, y me preguntó:

–¿Te corre prisa?

–Hmm, hmm.

–Entonces mañana estará listo.

Pero no me moví del sitio, tenía ganas de comprender mejor a aquella gente. Señalé al hombre:

–¿Es tu padre?

–Sí –entonces me presentó a los tres–: Mi padre, mi madre y mi abuelo.

Me dirigieron una sonrisa simpática, y susurré a la niña:

–¿Por qué está guisando tu padre?

Me miró con extrañeza:

–¿Qué dices?

Pregunte más bajo aún:

–¿Por qué está guisando él y tu madre soldando la cacerola?

–Porque hoy ella ha guisado ya bastante, y él ha arreglado un montón de cosas; también yo he estudiado lo suficiente, y mi abuelo ha soldado mucho: había que cambiarlo todo.

–¿Por qué?

–Para que nadie crea que está haciendo la misma cosa demasiado tiempo. Y para que a nadie le parezca que hace algo menos agradable que el otro.

–¿Tu abuelo estudia?

–Sí.

–¿Tan viejo? –era un poco incómodo charlar con ella: solamente yo cuchicheaba; ella hablaba normal; todos la oían.

–Es viejo solamente por fuera. Su pensamiento sigue siendo joven.

–¿Por qué?

–Porque estudia siempre. Como mi padre y mi madre.

–¿Ellos también estudian?

–En mi casa no dejamos de estudiar.

–¿Toda la vida?

–Siempre hay algo nuevo que aprender.

–¿Y quién decide lo que cada uno estudia?

–¿Cómo dices?

–¿Quién decide todo? ¿Quién es el jefe?

–¿Jefe?

–Sí, el jefe de la casa. ¿Quién es? ¿Tu padre o tu abuelo?

–Pero ¿por qué haría falta un jefe?

–Bueno, para tomar las decisiones, para decidir lo que cada uno ha de estudiar.

–Cada uno estudia lo que más le gusta. Los libros están ahí; elegimos los que queremos. El abuelo está estudiando teatro de títeres: quiere montar uno en la plaza.

–Pero... ¿y lo demás?

–¿El qué?

–¿No hay siempre montones de cosas para decidir? ¿Quién las decide?

–Los cuatro. Para eso, todos los días tenemos una hora reservada para decidirlo todo. Así como hace un rato tuvimos la hora de juego. Nos sentamos a la mesa y resolvemos todo lo que es necesario. Decidimos cómo enfrentar unos problemas con la vecina; decidimos si vamos a jugar más que trabajar; o estudiar más que jugar; lo que comeremos; lo que gastaremos en ropa, comida, libros; todas esas cosas. Cada uno da su opinión. Y se hace lo que a la mayoría le parece mejor.

–¿También puedes dar tu opinión?

–¡Claro!, también vivo aquí, también

estudio, también guiso y arreglo cosas. Aquí todos tenemos derecho a dar nuestra opinión.

–¿De verdad?

–¿Por qué ha de ser diferente?

Entonces, el reloj sonó otra vez. El padre se puso muy contento y gritó:

–¡A comer! La comida está lista –abrió el horno y sacó el bizcocho. Preguntó si me gustaría comer con ellos, y acepté enseguida. Y le pregunté a la niña:

–¿Cómo te llamas, eh?

–Lorelai.

No me fijé cuánto tiempo permanecí en la Casa de los Arreglos. A decir verdad, no me di

cuenta del paso del tiempo. El abuelo de Lorelai me contó cómo haría el teatro de títeres; el padre me enseñó unos crepés riquísimos; la madre charló tanto conmigo, que parecía no tener nada que hacer. Le conté cómo mis deseos se agrandaban; le hablé del patio de mi casa, y al enseñarle las fotos, le parecieron tan bonitas, que quise dárselas.

–¿Y que pasará cuando quieras mirarlas?

–Vendré aquí. Será una buena justificación para venir –sonrió. Se me ocurrió que los mayores no son tan difíciles de comprender como creía antes.

Entonces Alfonso dijo:

–Mira, Raquel, ya ha oscurecido.

–¡Huy! –me asusté. Había salido de casa por la mañana y mi familia debía de estar preocupada. ¿Cómo no me había dado cuenta de que el tiempo pasaba? Me despedí deprisa de todos; Lorelai me acompañó hasta la esquina e hicimos la promesa de ser amigas para siempre. Al dirigirme hacia casa, Alfonso asomó la cabeza por la ventanilla del bolso y le preguntó:

–¿Y el perro que está colgado? ¿Es también para arreglar?

–Sí.

–¿Qué le pasa?

–Algo rarísimo: sólo piensa en morder a la gente. Vamos a ver si le arreglamos el pensamiento para que piense también en otras cosas. ¡Chao!

En el camino, Alfonso dijo:

–Me apuesto a que le cosieron el pensamiento a aquel perro. ¿Te das cuenta la cantidad de gente que hay con el pensamiento cosido? De verdad, tengo que salir por el mundo a luchar por mi idea.

En casa estaban preocupados. Les hablé de la Casa de los Arreglos, pero de nada sirvió; me castigaron; me quedaría una semana sin poder salir de casa. Justo en mi última semana de vacaciones.

No sé si por enfadarme a causa del castigo o por qué, me acosté y tardé mucho en dormirme.

Apagaron las luces. Me quedé pensando en la Casa de los Arreglos. Todos se quedaron dormidos, sólo yo no conseguía conciliar el sueño.

Antes me ponía muy nerviosa cuando todos se dormían y yo me quedaba despierta. Para entretenerme en la oscuridad, hacía como si ya no fuera más yo, inventaba otros nombres para mí.

Reinaldo.

Arnaldo.

Aldo.

Geraldo.

Yo era uno de ellos. Jugando al futbol, subiéndome a los árboles, jugando con las cometas, como escritor (¿Y si fuera mejor ser médico?) Yo lo decidía todo y nadie me decía:

–Eso es cosa de hombres.

–¿Por qué?

–Porque sí.

–Porque sí no quiere decir nada. ¡Dímelo!

–Ahora no. Después.

–¿Cuándo?

–Después.

Pedro.

Antonio.

¿Pedro Antonio, o solamente Antonio?

Pedro, solamente.

Pero él *después* tardaba, tardaba –¿quién dice que llegaba?, –y yo seguía inventando:

Roberto.

Alberto.

Norberto.

Gilberto.

A ver si me quedaba dormida y la noche pasaba.

Pero eso era antes. La otra noche me puse a pensar en la Casa de los Arreglos y no me molestó nada no tener sueño. Y para ser sincera, disfrutaba por ello. Y, por hablar de eso, ¡caramba!, cómo disfrutaba de ser mujer la madre de Lorelai y cómo Lorelai disfrutaba de ser niña. Le parecía que ser niña era tan bueno como ser chico. ¿Y si fuera verdad? ¿Y si yo pudiera ser como Lorelai?

Cuando estaba en lo mejor del pensamiento, Alfonso me llamó susurrando muy bajito.

–¡Oye! ¿Qué vamos a hacer, eh?

–¿Qué pasa?

–La Paraguas estará arreglada mañana, y estás castigada una semana. ¿Qué vamos a hacer?

–Te vas tu solo y recoges a la Paraguas, te daré una carta que escribiré a Lorelai y le dirás que cuando termine mi castigo iré.

–Yo no tengo dinero para pagar el arreglo.

–Yo tampoco.

–Entonces, ¿qué vamos a hacer?

Me puse a pensar.

–Llévale la *Historia de un Gallo de Pelea y de un Carrete de Hilo Fuerte.* A ver si cambian el cuento por el arreglo.

*

En el bolso amarillo estaban locos por saber si al arreglar la Paraguas, su historia se arreglaba también. Después de comer, Alfonso salió disimuladamente con mi carta y la Historia de Terrible bajo el ala. Tardó. Tardó muchísimo. Cuando regresaron, yo estaba muy preocupada.

–¿Qué pasó, Alfonso?

–Mira, quedó como nueva.

La Paraguas tenía la cara más feliz del mundo. Se abrió, cerró, tosió, estornudó, pasó de pequeña a grande y de grande a pequeña, rió y enseñó las varillas nuevas.

–¿Y su historia, se arregló también?

–Por eso he tardado tanto: la Paraguas se puso a recordar toda su historia hasta ahora.

–¡Cuéntanos! ¡Cuéntanos cómo es!

Y Alfonso contó:

–El día en que la Paraguas se estropeó, sus dueños habían salido con ella bajo una lluvia tremenda. Llegaron a casa y la dejaron abierta cerca de la ventana para que se secara. Tuvo frío y, para calentarse, se puso a pasar de pequeña a grande, de grande, a pequeña, hasta que dio un crujido, se estropeó y no ocurrió nada más. Entonces sopló un viento fuerte, la lluvia cesó y se puso una tarde preciosa. El viento pasó cerquita de la ventana y ¡uuuuuuuuuuuuh!, se llevó a la Paraguas por los aires porque ella vivía en el octavo piso, ¿ya lo habías pensado?

–¡Pobrecita! ¿Se cayó de allá arriba?

–De pobrecita, nada: cayó suavemente, despacito, balanceándose para acá y para allá, mirando el paisaje, sintiendo el fresquito del viento; bajó como un paracaídas ¡Y le encantó! Le pareció tan bueno, que en medio del camino le apeteció cambiar de vida. Le gustaría ser paracaídas.

–¿De veras?

–Sí. Pero no ha sido posible: cayó de mala manera y se rompió cuatro costillas.

–¿Y desde cuando los paraguas tienen costillas?

–Tienen varillas, que es lo mismo. Entonces la llevaron al hospital. Pero se equivocaron de médico y fue a parar a un dentista. Éste arreglaba caries el día entero, no veía nada más que caries, no se dio cuenta de que era un paraguas, y le obturó las varillas, y nunca más se puso bien. Las varillas de un paraguas son del tipo de cosas que no se pueden obturar. Entonces, nadie más la usó. Se quedaba todo el tiempo colgada, en un perchero que había cerca de la ventana. Si alguien decía: «Ese paraguas...»

–¿No sabían que era un paraguas mujer?

–Ella no charlaba con nadie: sabía que de nada serviría, no la iban a entender. Y si alguien decía: «Ese paraguas ya no sirve», enseguida había otro que respondía: «¡Sí que sirve!, sirve para adornar»; ¡es tan bonita! Y la Paraguas se ponía tan triste, que había que verla.

–¿Por qué? ¿No le gustaba ser bonita?

–Sí. Pero le parecía que ser solamente guapa era muy poco; si de un momento a otro destiñese, dejaría de ser bonita; ya no serviría para nada, porque lo único que era, ya no lo sería más. ¿Lo comprendes?

–Más o menos. Luego veré si lo comprendo. Sigue.

–Había también otra cosa que le deprimía mucho a la Paraguas: se quedaba mirando hacia fuera, pensando en lo que le gustaría ser paracaídas, tanto, que deseaba probarlo otra vez. Volar despacio; sentir el fresquito del viento; caer despacito al suelo... Hasta que no resistió: saltó a la ventana, casi se deshizo de hacer fuerza, y pudo abrirse un poquito. Aguardó a que pasase un soplo de aire y se lanzó. Pensaba que en el camino ya se abriría.

–¿De verdad, Alfonso? ¿Se tiró de allá arriba sin saber seguro si se abriría o no?

–Se arriesgó.

–¡Vaya riesgo!

–Un riesgo tremendo. Tan tremendo como el aburrimiento de vivir siempre quieta, siendo graciosa y nada más.

–¿Y qué pasó?

–No se abrió.

–¡Huy!

–Se desplomó en el suelo, se le rompieron otras tres costillas más, no pudo ni levantarse. Fue cuando la encontré ¿Te acuerdas? Aquel día que volvíamos de la escuela y salí para buscar una idea.

Cuando Alfonso terminó de contar la historia, la Parasguas comenzó a hablar por los codos.

–¿Qué es lo que está diciendo?

–Está loca por volar otra vez como un paracaídas.

–¿Cuándo?

–Ahora.

La Paraguas se empeñaba en salir del bolso y tirarse por la ventana. Nos costó mucho convencerla de que debía disfrutar un poco más de sus costillas nuevas antes de arriesgarse otra vez. Y terminó por entender. Todos nos quedamos dormidos.

Yo dormía como un tronco cuando Alfonso me despertó.

–¡Me olvidé decírtelo, Raquel! El nombre de la Paraguas se ha arreglado también. ¿Sabes cómo se llama? Nakatar Compañía Limitada.

–¿Cómo?

–Es el nombre de la fábrica donde la hicieron. Todo lo que sale de allí lleva ese nombre.

–¡Qué horror!

–¡Ya!

Al día siguiente comenzamos a llamar Nakatar Compañía Limitada a la Paraguas. Pero no había manera. Y entonces seguimos llamándola Paraguas como antes.

En la playa

Mi semana de castigo fue estupenda: escribí a mi aire –todo lo que me pasaba por la cabeza, y todo lo que ocurría en el bolso amarillo–. Escribí también a los amigos de la Casa de los Arreglos. Los cuatro me respondieron enseguida. Me escribieron cartas muy bonitas. Y comencé a pensar que todo es diferente cuando se tiene amigos.

Mi vida iba mejorando. No inventaba tantas cosas, y mi familia se ponía menos en contra mía. Comencé a pensar que ser niña podía ser tan bueno como ser chico. Fue entonces cuando mis deseos empezaron a disminuir. Disminuyeron tanto, tanto, que un día pensé: «Dentro de poco desaparecerán.»

Las clases comenzaron. Una noche soñé

que estaba en la playa jugando con una cometa. Me desperté y se lo conté a Alfonso:

–¿Sabes, Alfonso? Me dijeron que no puedo jugar a las cometas.

–¿Y por qué?

–Porque es juego de chicos.

–¡Y eso!

–¿Ves? Me dijeron que los juegos que me gustan son solamente de chicos, y terminé por creer que la única solución era haber nacido niño. Pero ahora ya veo que el problema es otro. ¿Vamos a la playa a jugar a las cometas?

Alfonso aceptó. Junté todo lo que necesitaba: hilo, tijeras y un tarro de cola. Pedí a mi madre algo de dinero y fui a la papelería a comprar papel de seda.

–Mira qué gris está el cielo –dijo Alfonso–. Compra papel azul, porque entona con el cielo gris.

Lo compré. Pero también compré amarillo: el amarillo me sigue gustando mucho.

–Necesitarás cañas de bambú.

–No, no las necesitaré.

–Claro que sí, tú no entiendes nada de cometas.

–Sí que entiendo.

–Las vas a necesitar, ¡¡¡Raquel!!!

–Verás cómo no.

No he comprado cañas de bambú, ni palillos, ni nada. Fuimos a la Playa de las Piedras. La Paraguas comenzó a charlar, tan deprisa que se atragantó. Y de esa forma habló hasta llegar a la playa. Cuando se calló, Alfonso estaba entusiasmado:

–¿Ves, Raquel? Me gusta la Paraguas

porque tiene buenas ideas. ¿Sabes lo que me ha dicho? Que no debo tener miedo a volar alto. Ella vendrá conmigo, y si me caigo, se abre en plan de paracaídas; si de nuevo me caigo, vuelve a hacer lo mismo; siempre así. Me dijo que ha llegado el momento de irnos por el mundo a luchar por mi idea, y a comenzar su vida de paracaídas. –Saltó fuera del bolso, ayudó a la Paraguas a bajar, y cantó en voz alta la canción «La encontré, está encontrada, no la desencontraré jamás». Cuando se dio cuenta de que no había nadie en la playa, se puso más contento todavía–: Mira, con este día de lluvia, la playa está desierta, perfecta para que no nos preocupemos de caer en la cabeza de nadie.

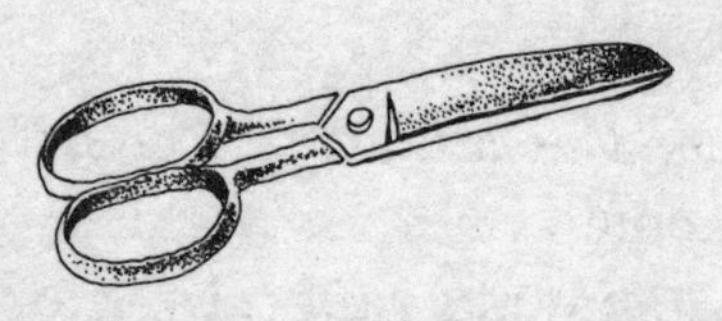

La Paraguas se desahogó y comenzó a saltar para allá y para acá, se abría, se cerraba, no se quedaba tranquila. Cualquiera se daba cuenta de que estaba emocionada por comenzar una vida nueva, por echar a volar dentro de poco.

Yo no decía nada. No sabía si me sentía

triste o contenta. Al marcharse ellos, el bolso amarillo sería mucho más fácil de llevar; pero... qué sé yo. Miré hacia el mar buscando la barca que se llevó a Terrible. Pero estaba desierto como la playa.

De pronto, Alfonso se puso nervioso. Miraba al cielo, abría las alas, entrenaba el vuelo una y otra vez. Se reía desconcertado y explicaba:

–Me estoy entrenando –y ensayaba otro vuelo bajito. Lo repetía tantas veces que la Paraguas protestó. Finalmente se puso el antifaz y dijo–: Bueno, allá voy, es decir, nos vamos.

–¿Para qué llevas el antifaz, Alfonso?

–Puede que encuentre un avión allá arriba. ¿Ya lo pensaste?

–¿Y qué importa eso?

–¿Y si mi antiguo dueño está en él y me ve por la ventanilla? –se ajustó bien el antifaz–. ¡Imagínate si abre la ventanilla, me agarra y me lleva de nuevo al gallinero! –abrió las alas. La Paraguas, inmediatamente, se sujetó a él con la cadenita, y se enderezó, lista para entrar en acción. Alfonso, de un vuelo, alcanzó una roca. Luego alzó vuelo y agitó las alas como los pájaros para coger impulso y subir más alto. Más y más alto. Al darse cuenta de que ya se encontraba muy arriba, se puso muy feliz y rió a carcajadas. Se rió muchísimo. Casi no tenía fuerzas para agitar las alas. Comenzó a perder altura y se asustó.

Al ver que se caía, también me asusté. Fue entonces cuando (¡lo más bonito de todo!) la Paraguas se abrió.

Nada más abrirse, Alfonso se sostuvo.

Bajaban muy despacio; era como un dibujo detenido en el aire –ella, graciosa como siempre; él, con la cola despeinada a causa del viento que azotaba sus plumas–; un dibujo muy bonito.

El viento les llevó lejos; eché a correr. Pero al acercarme, el viento ya les traía de vuelta, y nos encontramos: se posaron suavemente sobre la arena.

La Paraguas estaba tan feliz que no pudo levantarse: le venció la pereza. Pero Alfonso se puso a cantar, daba volteretas, inventaba pasos de baile, hablaba todo el tiempo:

–Ahora sí podré salir por el mundo, volaré muy alto sin peligro de derrumbarme. Ahora sí podré luchar por mi idea, la-ra-ri-la-á –y de voltereta en voltereta se acercó al mar. Vino una ola y, ¡plaf!, envolvió a Alfonso. Lo arrastró; quiso levantarse, pero no pudo, y luego desapareció.

—¡Alfonso, Alfonso!

Vino otra ola. Y así una ola tras otra, pero ninguna le traía de vuelta. Miré hacia la playa: la Paraguas no se había enterado de nada, estaba dormida. Llamé a Alfonso otra vez, pero no me respondía. Entonces, no tuve otro remedio que zambullirme en el mar con el uniforme, zapatos, bolso amarillo y todo. Me lancé a una ola, buceé hacia el fondo, y no me quedé con la boca abierta por no tragar agua: Alfonso estaba tan tranquilo, charlando amigablemente con un montón de peces, contándoles la historia de Terrible, diciéndoles que si alguien quisiese coserles el pensamiento, no lo debían permitir, y bla-bla-bla-bla-bla. Cuando me vio, dijo enseguida:

—Raquel, ¿no sabes que ninguno de estos peces tiene nombre? Llaman a los amigos por ¡Oye! ¡Tú!

De repente, por primera vez en mi vida, Raquel me pareció un nombre bonito y pensé que no necesitaba ningún otro. Abrí el bolso, saqué todos los nombres que guardaba en el bolsillo-acordeón y se los entregué a Alfonso. Y él se puso a repartirlos entre los peces:

–¡Eh, tú! ¿Te gusta el nombre Andrés? Toma, te lo regalo. ¿Y tú? ¿Te va Reinaldo? ¿O prefieres Geraldo? ¡Ah, eres una mujer! ¿Te gusta Lorelai?

Pero no pude seguir escuchando porque mi resistencia había terminado y tuve que salir a la superficie. Salí del agua y comencé a temblar de frío. La solución para calentarse era jugar a las cometas. Recorté y pegué las cintas de papel para hacer dos colas muy largas. Cuando Alfonso apareció, ya lo tenía casi todo terminado. Se me quedó mirando con la cresta fruncida:

–¿Qué es esto, Raquel? ¿Para qué has hecho esas dos colas?

–Son para las dos cometas, una para ti y la

otra para mí. Jugaremos a ver cuál de las dos llega más lejos. Tengo dos carretes de hilo preparados. ¡Listo!

–¿Listo qué? ¿Dónde están las cometas?

Abrí el bolso amarillo y saqué mis deseos de ser chico y de ser mayor. Habían adelgazado tanto que parecían de papel.

–Aquí están. Basta colgarles las colas y sujetarlas con el hilo.

Alfonso no entendía nada:

–¿No vas a esconder más tus deseos dentro del bolso amarillo?

–No. Se han dado cuenta de que ya no los quería y me han pedido que los dejase salir. Les apetecía marcharse como cometas, me lo han pedido, y les he dicho: «Claro que sí.»

–¿Y tu deseo de escribir?

–¡Ah!, a ése no le dejaré que se vaya. ¿Sabes que ahora ya no me pesa mucho?: escribo todo lo que me da la gana, casi no tiene tiempo para inflarse.

Las colas de las cometas quedaron estupendas. Azul y amarilla. Cogí el deseo de ser chico, y Alfonso, mis ganas de ser mayor, y nos pusimos a ver en qué dirección soplaba el viento. Cuando grité ¡ahora!, echamos a correr para que las cometas cogieran impulso.

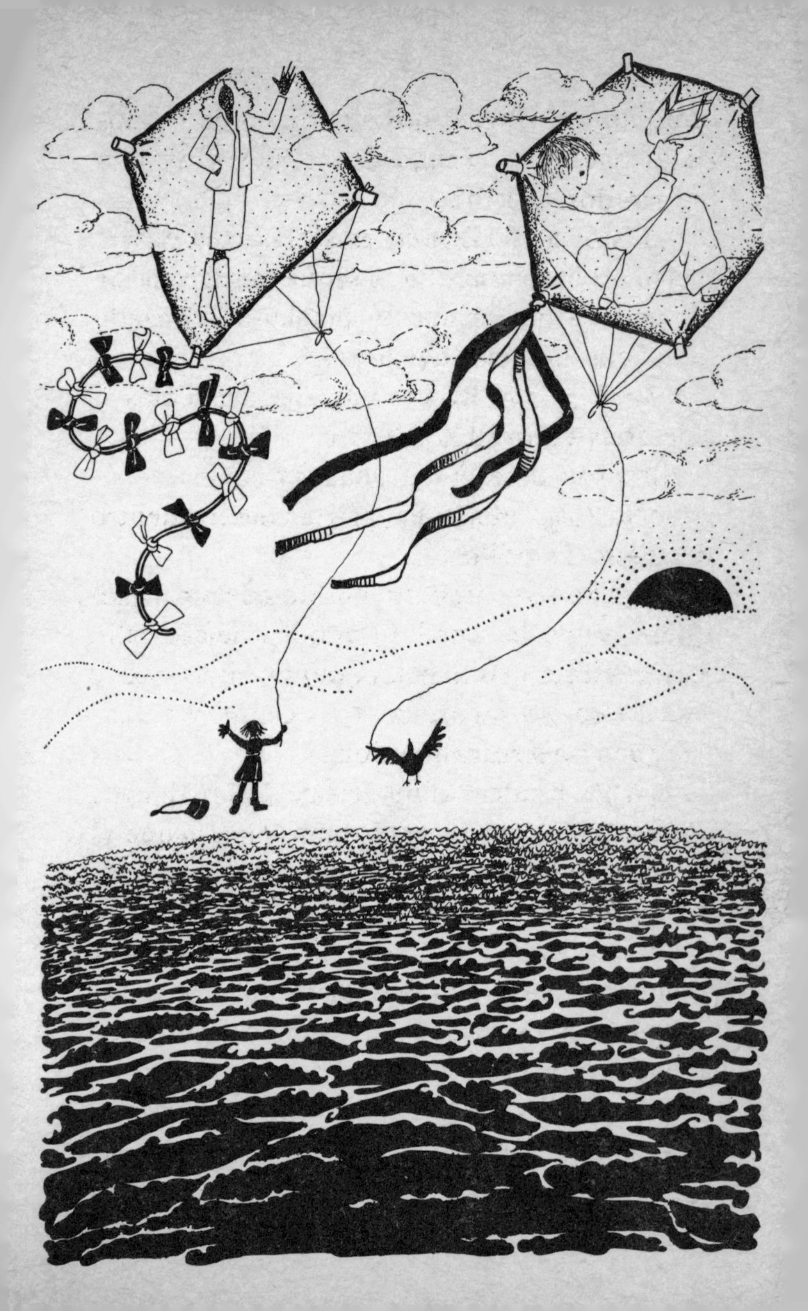

Y, de repente, las dos estaban en el cielo agitando sus colas de papel.

¡Caramba!, ¡cómo me agradó jugar a las cometas! Ya estaba harta de ver a los chicos jugar a eso; conocía todos los trucos, y sabía averiguar en qué dirección soplaba el viento. Lo único que me faltaba era probar el hilo en la mano.

A cada momento, Alfonso gritaba:

–¡Mi cometa está más alta! –y comenzaba a soltar el hilo.

Yo hacía lo mismo:

–¡Qué va, la mía sí que está más alta! ¡Mira!

El tiempo iba empeorando: el cielo se cubría de nubes oscuras.

Y venga soltar hilo, cada vez más. Mis deseos ya estaban muy lejos. Nos fijábamos tanto en ellos, que no nos dimos cuenta que el hilo se acababa y se marchó también con el viento.

El viento sopló más fuerte. Las cometas agitaron sus colas y desaparecieron detrás de las nubes. Nos quedamos aguardando para ver si aparecían. Pero no las volvimos a ver. Alfonso dijo entonces:

–Bueno, es hora de irnos por el mundo.

–¿Os vais hoy?
–Ahora mismo.
–¿De verdad?
–Sí.

Me quedé quieta, pensando qué pasaría. Alfonso despertó a la Paraguas; después dijo:

–Te voy a echar de menos, Raquel. Pero cualquier día vendremos a verte.

–Bueno. Cuando venga a esperar la barca de Terrible os buscaré.

–No te olvides de mirar detrás de las rocas, a lo mejor estamos allí merendando.

–De acuerdo.

Nos abrazamos con fuerza, y la Paraguas hizo un discurso extensísimo. Al terminar, Alfonso tradujo:

–Ella ha dicho «Chau».

Los dos se prepararon; y cuando Alfonso alzó el vuelo, la Paraguas me lanzó un beso. Rápidamente desaparecieron.

Eran tantas las cosas que desaparecía en el aire, que no sabía qué pensar. Lo cierto es que empezó a llover, y al cerrar el bolso amarillo vi el Imperdible. Lo saqué afuera. Inmediatamente su puntita me rayó en la mano:

–¿Dejas que me quede? Ya me he habituado a vivir en el bolso amarillo. No peso nada... Merece la pena que me tengas contigo, si de repente tienes otro deseo que comienza a incharse demasiado, ¡pin!, lo pincho: ¿Dejas que me quede?

–Sí.

–¿De verdad?

–Sí.

–Vale.

Lo metí de nuevo en el bolsillo bebé y me marché a casa.

El bolso amarillo estaba muy vacío, ligerísimo. Y yo también; qué raro, yo también me sentía muy ligera.

ÍNDICE

El libro de bolsillo para los lectores jóvenes.

TÍTULOS PUBLICADOS

Juan Ramón Jiménez
1 **Canta pájaro lejano**
(Antolojía poética juvenil)
Prólogo: Ana Pelegrin
Ilustraciones: Luis de Horna

Consuelo Armijo
2 **Los batautos hacen batautadas**
Ilustraciones: Alberto Urdiales

Juan Farias
3 **Algunos niños, tres perros y más cosas**
(Premio Nacional de Literatura Infantil, 1980)
Ilustraciones: Arcadio Lobato

Reiner Zimnik
4 **La grúa**
Traducción: Carmen Seco
Ilustraciones del autor

Mark Twain
5 **Tom Sawyer detective**
Traducción: María Alfaro
Ilustraciones: Juan Ramón Alonso

Úrsula Wölfel
6 **Treinta historias de tía Mila**
Traducción: Carmen Bravo-Villasante
Ilustraciones: Mabel Álvarez

Joan Manuel Gisbert
7 **El misterio de la isla de Tokland**
(Premio Lazarillo, 1980)
Ilustraciones: Antonio Lenguas

Ramón Menéndez Pidal
8 **Romances de España**
Ilustraciones: Francisco Solé

E. T. Hoffmann
9 **Cascanueces y el rey de los ratones**
Traducción: C. Gallardo de Mesa
Ilustraciones: Karin Shubert

Hans Jürgen Press
10 **Las aventuras de «La mano negra»**
Traducción: José Sánchez López
Ilustraciones del autor

Jonathan Swift
11 **Gulliver en Liliput**
Traducción: Javier Bueno
Ilustraciones: Francisco Solé

Antoniorrobles

12 **Cuentos de las cosas que hablan**

Ilustraciones: Juan Ramón Alonso

Lygia Bojunga Nunes

13 **El bolso amarillo**

Traducción: Mirian Lopes Moura

Ilustraciones: Araceli Sanz

Austral Juvenil 4

LA GRÚA
Reiner Zimnik

Este hermoso relato simbólico trata de un hombre que trepó a lo más alto de una grúa y no quiso bajar. Era maravilloso ser conductor de aquella máquina, oír zumbar el motor y chirriar las poleas. Allá arriba, veía las estrellas y la luna, y abajo el río, los barcos y la ciudad. Era más hermoso que un sueño, porque era verdad. Pasaron muchos años y un águila se hizo amiga del hombre y juntos vivieron grandes aventuras.

88 ilustraciones del autor.